L'IMPIETRATRICE :
PANZANA

VITTORIO IMBRIANI

Texte et illustration de couverture : © domaine public
Edition : Culturea (Hérault, 34)
Contact : infos@culturea.fr
Retrouvez notre catalogue sur http://culturea.fr
Imprimé en Allemagne par Books on Demand
Design typographique : Derek Murphy
Layout : Reedsy (https://reedsy.com/)

Dépôt légal : janvier 2023
Tous droits réservés pour tous pays

ISBN : 9791041844340

Verseggiando a meraviglia ed anche poetando stupendamente, si può spropositare in politica, anzi non capirne un acca. Gli esempi abbondano. Fra i contemporanei il più splendido ed ovvio è quello del besanzonese Vittor Hugo, il quale divulgò un volume di giambi archilochei contro la Maestà di Napoleone III, tanto belli ed ingiusti che, resi inoffensivi dalla esagerazione stessa, venivan declamati per ischerzo ed isvago ed ispasso ed iscapricciamento dalla Imperatrice Eugenia e dagl'intimi della corte, durante le prosperità del magnanimo alleato nostro e benefattore. Jacopo Sannazzaro ci offre un'altra istanza più remota di valore epigrammatico unito ad insipienza politica. A credergli, i patroni e gli amici suoi sarebbero stati tanti valentuomini e galantuomini; chi poi loro li avversava, chi gli o loro noceva, dappoco e furfante. Piaggia gli uni stomachevolmente, ingiuria smodatamente gli altri; ora scodinzola e lambisce e poi ringhia ed azzanna; ma sempre in que' suoi terribili epigrammi, in quelle saporite epistole non truovi giudizio che non sia uterino: esclamazioni enfatiche e vomiti biliosi.

Certo, se qualche papa avesse pensato a conferirgli lo ambito cappello cardinalizio, non avrebbe imprecato a tutti i pontefici contemporanei. L'odio singolare contro Alessandro VI, dipende dalla parte che questi, offeso dall'avergli Re Federico negata una figliuola pel Duca Valentino col principato di Taranto in dote e costretto ad allearsi a' franzesi, ebbe nella caduta degli Aragonesi di Napoli. Il Sannazzaro esulta della catastrofe de' Borgia e non intende quale sciagura fosse per la patria. Assiste sorridendo ed applaudendo agli ultimi sforzi, alle lotte estreme di Cesare, che a lui sembran meri giuochi anfiteatrali:

Ne tibi, Roma, novae desint spectacula pompae,

Amphitheatraleis reddit arena iocos.

Scandalizza l'allegrezza sua per la pace effimera, anzi momentanea, che seguì la morte di Alessandro, gioia criminosa o stolta come quella d'un italiano moderno il quale si fosse rallegrato per la quiete letale che tenne dietro a Novara. Stomacano gli endecasillabi a Marino Caracciolo, ne' quali giubila perché il Gonfaloniere di Santa Chiesa, ille maximus Urbis imperator, debba rivomitare in un giorno cinquecento città divorate in cinque anni.

Quingentas modo qui voravit Urbes...

Urbes sub ducibus suis quietas...

Ecce, ecce evomit! O Jovem facetum,

O pulchram Nemesim, o venusta fata,

O dulce ac lepidum, Marine, factum!

Non affermerò che Cesare Borgia fosse un santo; non esaminerò le nefandezze imputate al padre ed a lui, quantunque parecchie siano discutibilissime ed alcune dimostre false: dò tutto per vero, concedo tutto. Ma nessuno negherà loro l'ambizione santa di fondare nella Italia centrale un vasto regno e forte, il quale avrebbe potuto poi agevolmente annettersi la rimanente penisola tutta, tranne forse i dominî della Serenissima. Poco mancò che il pio disegno non diventasse fatto: se un veleno bevuto in fallo non avesse ad un tempo ed ucciso il pontefice e messo all'orlo del sepolcro il figliuolo, l'Italia si sarebbe probabilmente unificata qualche secolo prima, e quando produceva quegl'ingegni miracolosi in ogni disciplina, che le mancano nella età presente. E condanneremmo, noi italiani, chi tentava redimerci e soccorrere a' nostri mali? Quel pensiero, quello intento compenserebbe ogni nequizia, emenderebbe ogni indegnità. Contro tanta pietà verso un popolo intero, che pesano nella bilancia della divina giustizia, ossia nella conscia Istoria, che possono pesare, qualche nefandigia privata, o le rapine e le crudeltà ne' singoli, in chi attraversava, impediva, ingombrava, intralciava la strada? Quanto appunto l'ingenuo autor dell'Arcadia rimprovera con maggior acrimonia al Duca Valentino, c'induce a venerarne la memoria. Avea divorato cinquecento città; e non era sazio; e diceva Aut Caesar, aut nihil; e voleva inghiottirne quante ce ne ha nella penisola, e distruggere ed amalgamare centinaia di repubblichette ignominiose, di signorie vituperevoli, tutte imbelli, tutte dappoco, tutte senza importanza al mondo, tutte incapaci di giovare anche a loro stesse, non essendovi per gli stati né bene, né dignità senza forza. Quale uomo assennato compatirà mai le sventure o lo scempio di quelle dinastiucole che consumarono l'Italia come una scabbia, come una ruggine? «È contrario alla misericordia l'increscerci di colui che non solo non l'ha conosciuta, ma non sa che cosa si sia fede, bontà, virtù e gentilezza» diceva il Firenzuola. Il Voltaire, in un'Oda alla Verità, sclama:

Que Borgia, sous sa tiare,

Levant un front incestueux

Immole à sa fureur avare

Tant de citoyens vertueux,

Et que la sanglante Italie

Trembie, se taise et s'humilie

Aux pieds de ce tyran sacré:

O terre: ô peuples qu'il offense!

Criez au ciel, criez vengeance;

Armez l'univers conjuré.

L'è una bella strofa; ma forse sarebbe stato molto imbarazzato il ser gentiluom di camera del Re Ludovico XV, se altri lo avesse pregato di mentovare qualcuno de' tanti cittadini virtuosi, ch'egli asserisce sacrificati allo avaro furore di Papa Alessandro VI.

Gli uomini e gli eventi si giudicano rettamente solo da' tardi posteri, che ne veggono la conformità o la discrepanza dalla missione dell'epoca. Ora si comincia a scorgere e riconoscere lo scopo della nostra istoria medievale e moderna e quindi siamo a modificare i giudizi convenzionali e tradizionali sugli attori e sulle azioni; perché buono e grande è chi coopera alla soluzione d'un problema istorico e l'agevola, malvagio e sciocco chi la ostacola; belli e da lodarsi que' fatti che spianano la via alle nazioni, brutti e da biasimarsi quelli che la guastano o che la forviano. La storia d'Italia avea per iscopo la creazione dell'unità nazionale interna ed esterna, d'un popolo italiano e d'uno stato italiano, d'una Italia unanime come la odierna, magnifico arnese che in pugno al suo Re farà prevalere le idee ch'è chiamata a rappresentare. Per formare questo popolo e questo stato, occorreva assimilare a poco a poco gli elementi eterogenei; opera non ancor perfetta e che dura da secoli. L'epoca de' comuni e delle repubblichette, che gl'illusi stimano gloriosa e splendida, fu il tempo della massima nostra miseria e sciagura; ed il suo fatuo splendore è da paragonarsi alla fosforescenza della putredine. Da tanto frazionamento non si sarebbe mai potuto procedere d'un tratto alla unità, che anche imposta esternamente dalla violenza, avrebbe poi soggiaciuto in breve alle potenti forze disgregatrici interne. Ci vollero le gare municipali e le guerre fraterne, che distrussero parte delle repubblichette, costituendo staterelli, dalla riduzione continua del cui novero s'andarono man mano formando stati ampi, eliminandosi sempre più discrepanze e minorando le varietà de' tipi. Quando poi gli stati fur sette soli e schiavi, bastò un momento, un'occasione ed un gran Re, per sopprimerli e fonderli in uno e libero: se invece avessimo avute ancora mille repubblichette, mille signorie, tutte indipendenti, con cittadini contenti delle leggi e de' principi loro, non si sarebbe conchiuso nulla. Dunque, chiunque, comunque ha contribuito a sopprimere una repubblichetta, allo ingrandimento d'una signoria, alla distruzione della indipendenza d'un comune, è benemerito della patria, avendo collaborato ad unificarla, a farla. Chiunque invece ha rivendicato a libertà un municipio, od in qualsivoglia modo contrastato a' creatori degli stati grossi, con le migliori intenzioni del mondo ha combattuto il bene vero della patria, ha contraddetto la volontà divina manifestata nella storia. Per esempio, son da riprovarsi il Ferruccio e gli altri difensori di Firenze, né possono commendarsi equamente Alessandro VI, Clemente VII, Paolo III, che studiandosi di ampliare le famiglie loro, facevan opera santa. Oh eran cattivi pontefici! A noi che importa? Giovarono od almeno intesero giovare alla Italia? Qui giace Nocco per me. Forse un buon pontefice dev'esser fatalmente cattivo italiano, funesto e senza viscere per questa nostra terra diletta. Alessandro VI ed il Duca Valentino, loro, loro de' quali narrano tante turpitudini, volevano servirla e liberarla dagli Sforza e da' Malatesta, da' Manfredi e da' Riari, da' Varano e dagli Appiani, da quanti tirannelli, da quante repubblichette anarchiche ed aristocratiche la infestavano, loro tentarono di creare un argine saldo alle invasioni barbariche e caddero a mezzo l'onesta impresa. Il Machiavelli li approvava e riconobbe in Cesare Borgia l'unico principe capace di fare quel ch'e' vagheggiava; il suo principe; l'eroe che vive pe' propri disegni, che sacrificando alla ragion di stato ed al bene pubblico quanto ha di umano, diventa inesorabile al pari delle leggi di natura, né cura se il vulgo lo esecra e lo infama, né gl'importa di lasciare un nome abominato a' posteri medesimi che raccoglieranno i benefici delle carneficine e delle rapine.

Tragico è il fallire de' disegni di uno eroe così fatto quando egli è più vicino ad incarnarli, come appunto avvenne al Borgia. Fallire dopo tante fatiche e tanta effusion di sangue che rimarrà versato inutilmente e quasi per capriccio. Sentirsi sul capo le maledizioni della plebe inconsulta, ripercosse anzi promosse anche da' buoni, ma miopi! Non poter giustificare con l'uso del potere i mezzi ed i modi adoperati per impossessarsene! Non poter salvar nulla dal naufragio de' nobili schemi vagheggiati, amati! Vedersi tradito da tutti e tutto e languire prigioniero in una miserabil bicocca, dopo aver occupato di sé l'universo!... Povero Cesare Borgia! cos'ha dovuto soffrire chiuso e custodito dalla slealtà spagnuola nel castello di Medina-del-Campo! E quando immagino che alcun codardo epigramma del Sannazzaro, giungendogli allora ha potuto strappare una lagrima dall'occhio superbo del nostro Eroe, del nostro vindice, dello sterminatore di signorotti e sovvertitore di repubblichette... penso che non vorrei la immortalità del Sannazzaro al prezzo di questa azione, io. Il posto del gran poeta sarebbe stato accanto al gran politico e guerriero, non accanto a quel da meno di Re Federigo.

Dicono che Gonsalvo di Cordova annoverasse fra' suoi tre rimorsi il tradimento usato al Duca Valentino; e gli altri due erano un tradimento simile verso il Duca di Calabria o l'ommesso tradimento contro il Re d'Aragona, avendo avuto podestà ma non cuore d'insignorirsi per conto proprio della corona di Napoli. «Mandò a chiedere il Borgia» dice Pietro di Bourdeilles, abate e signore di Branthôme, ne' suoi zibaldoni, «mandò a chiedere al gran capitano un passaporto e salvacondotto, per recarsi a visitarlo in Napoli... L'altro glielo spedì liberissimamente, valido ed ampio. Stando in quella città discutevano grandi schemi per impadronirsi di tutta Toscana: un giorno avendo Cesare augurata la felice notte a Gonsalvo nelle stanze di lui e ritirandosi ed avendolo Gonsalvo affettuosamente abbracciato per mostra; fu nell'uscire dalla stanza costituito e sostenuto prigione in castello; e si mandò allora per allora al suo alloggio, per torgli e prendere il salvacondotto antecedentemente datogli (cerimonia superflua davvero!)... Si guardi bene prima di dare o ricevere uno di questi benedetti salva condotti. È degna cosa il mantener comunque la fede. Grande è la tentazione di romperla per regnare (come diceva lo antico Cesare); ma il romperla per tor la vita ad un misero prostrato dalla fortuna o per chiuderlo in prigione perpetua, come voleva fare il Re d'Aragona, è imperdonabile; e Gonsalvo si disonorò e s'infamò eseguendone gli ordini». Il Borgia, non valendo ned a resistere, ned a fuggire, desiderò almeno di venir tradotto a Medina-del-Campo, dove soggiornavano Ferdinando ed Isabella, sperando molto da un abboccamento con le Altezze loro (questo era il titolo assunto per lo più dai Monarchi in quel tempo, prima che Carlo V pretendesse della Maestà a tutto pasto). Confidava che i buoni uffizi del cognato, Re di Navarra; che la memoria de' servigi e dell'arrendevolezza del padre; che il ricordar le promesse fattegli; che le qualità sue personali, onde chiunque lo avvicinava solea rimaner affascinato, avrebbero indotto i sovrani spagnuoli a restituirgli la libertà. Doloroso certo, per chi era giunto all'apice delle grandezze, il rotolar giù, e ricominciare daccapo ad arrampicarsi come Sisifo senza troppa fiducia di raggiungere la meta; però, sempre meglio questa fatica frustranea, che l'inerzia. Viaggiando viaggiando, Cesare architettava nuovi schemi ed arditi. Forse il tempo, ch'è galantuomo, dicono, gli serbava nuovi allori ed un miglior destino. Forse capitanando l'esercito del cognato Re di Navarra o gli uomini d'arme e le artiglierie dell'altro suo cognato, del marito della sorella sua carissima, forse avrebbe potuto riconquistarsi qualche principato. Alla peggio, i reali coniugi (che pochi anni prima avevan fidato tre legni ad un avventuriere genovese per iscoprire quel mondo nuovo spartito quindi da suo padre tra spagnuoli e portoghesi) non negherebbero anche a lui qualche bastimento per andare a scoprire ed assoggettare reami sconosciuti, là nelle Indie. E già, prevenendo l'evento con l'agile speme, pensava di rimunerarli da par suo, col rendersene poi independente: i Borgia non si preparano per la vecchiaia de' rimorsi di ommesso tradimento, come asseriscono averne avuti Gonsalvo di Cordova. Ed immaginava anzi che Ferdinando ed Isabella venissero a visitar gli acquisti da lui fatti; e giurava a sé stesso che non sarebber mai tornati indietro da quel viaggio. Un Cesare Borgia non ha ritegni, che il trattengano da quanto può assicurargli lo impero e non si espone a tardi rimpianti come quel Gabrino Fondulo, signor di Cremona, che Filippo Visconte catturò con astuzia e fe' giustiziare nella sua ducal Milano. Il quale rispose a' frati assistenti: «Non ch'io mi penta di quel che ho fatto per ragion di guerra, ma duolmi ch'io non precipitassi dal Torrazzo Papa Giovanni XXIII e Gismondo Imperatore, quando me ne venne il pensiero e mi vergognai di far tanta ingiuria a chi s'era fidato di me come amico. Se non avessi avuto quel rispetto, ora non sarei assassinato».

Siffatte speranze, lusinghe, ipotesi, immaginazioni e fantasticherie rianimavano il Duca Valentino e gli rendevan tollerabile lo stato suo. Non c'è uomo infelice che non si consoli fabbricandosi un castell'in aria, e riparandovi, ricoverandovisi da' dolori della vita. Lì spende le migliori ore della giornata; lì passa notti voluttuose. Vi si riduce per ogni strada, sognando, fantasticando: ogni pensiero, ogni avvenimento, ogn'incontro gli è pretesto per batterne la strada. Questo castell'in aria è diverso in ogni uomo, più o men bello, più o men nobile: per taluni è amore, per altri è gloria, per altri, altro: ma chiunque ha una siffatta villeggiatura ideale ed ottiene e gode con la fantasia, ciò che forse non asseguirà mai nel mondo delle cose. Il povero Leopardi ha un bello assicurarci che «la speranza è una passione turbolentissima, perché porta con sé necessariamente un grandissimo timore che la cosa non succeda; e se noi ci abbandoniamo a sperare e per conseguenza a temere, con tutte le nostre forze, troviamo che la disperazione e il dolore sono più sopportabili della speranza». Esagerazioni ipocondriche! come ben disse Antonio Muscettola, egregio secentista, dimenticato e trasandato a torto:

…Il tristo core

Vive tra mille morti e mai non more.

Ché vitale alimento

Gli ministra la speme ogni momento.

E pur, senza speranza,

Più tormentoso assai

De l'inferno sarebbe il nostro mondo.

Per lei del mare insano

Sprezza l'ondosa rabbia,

E cerca in fragil legno,

Sé medesmo fidando al vento in lido,

Nocchiero avaro inaccessibil lido.

Per lei tra ceppi avvinto

Prigioniero infelice

D'armonioso metro

Fa risonar cantando il carcer tetro

Da lei, più che dall'arte

De l'Epidaurio nume,

Spesse volte riceve

Egro languente medicina al male.

Se arma cuor disperato

A' propri danni suoi destra feroce,

7

Tosto la speme incontro al ferro crudo

Fa di sé stessa adamantino scudo.

In tale disposizione d'animo il Borgia giunse a Medina-del-Campo. «Medina» scriveva un quattro lustri dopo il Naugerio «è buona terra e piena di buone case, abbondante assai, se non che le tante fiere che vi fanno ogni anno, ed il concorso grande che vi è di tutta Spagna, fanno pur che il tutto si paga più di quel che si faria. Ha pur qualche gentiluomo. Ha assai buone strade... Ha un castello assai buono in un alto, nel quale stette il Duca Valentino prigione. La fiera è abbondante certo di molte cose, ma sopra tutto di spezierie assai, che vengono di Portogallo; ma le maggiori faccende che vi si facciano sono cambi».

Ma, giuntovi, Cesare non poté vedere né Ferdinando d'Aragona, ned Isabella di Castiglia, e per buonissime ragioni: il primo n'era partito e la seconda aveva commessa la corbelleria solenne di morirvi pochi giorni prima, il ventisei novembre di quell'anno MDIV. Il cadavere di lei viaggiava anch'esso, per Granada, dov'è tuttora sepolto, se pure qualche insurrezione internazionalista, cantonalista, intransigentista o che so io, non ha pensato bene di spargerne le ceneri al vento: ché le plebi son sempre disposte ed a prostrarsi ai piedi del despota vivo ed a profanar le tombe dei tiranni morti. Il Duca Valentino venne chiuso nella rocca di Medina-del-Campo e s'ingiunse di strettamente custodirlo al castellano, vecchio militare bilioso e podagroso, chiamato Andrea-Jacopo-maggiore-Matteo-Pietro-Mattia-Simone-Filippo-Tommaso-Giovanni-Bartolomeo-Jacopo-minore-Taddeo Orteguilla-y-Zumarraga. Il cui padre, povero Idalgo, non potendo usare al figliuolo altra liberalità che di nomi, gli avea dati per patroni tutti e dodici gli apostoli; e per non peccar d'irriverenza verso alcuno, fece pigliar dodici mozziconi di candela d'una stessa egualità e peso e scrisse su ciascun d'essi il nome d'un apostolo e secondo l'ordine in cui si consumarono impose i nomi al fanciullo. Al quale tanti protettori celesti assicuravano per certo lo ingresso ed un buon posto in paradiso; ma la mancanza di patrocinio in questo basso mondo e l'amor de' dadi, avea impedito di far peculio, non che fortuna, quantunque, come ogni buono spagnuolo de' suoi tempi, avesse più scrupoli religiosi che scrupoli morali. Invecchiava oscuramente da governatore di un castello che non veniva più considerato come piazza di guerra, anzi serviva da prigion di stato. Per occupare gli ozi del servigio e le tregue della podagra, gli era saltato il grillo e venuto il ticchio di scrivere una cronaca, il celebre Teatro Universale delle Istorie de' suoi tempi, che nella prima edizione occupa sei volumi in-folio ed occuperebbe, se si ristampasse, una cinquantina de' nostri in-sedicesimo almeno. Raccoglieva quindi indefessamente notizie ed informazioni da' personaggi che, o capitavano con la corte in città, o venivano affidati alla sua custodia in castello. Chi potrebbe descriverne il giubilo quando seppe dell'arrivo del Borgia? Che fortuna per un cronachista, di poter interrogare a quattr'occhi e con tutto comodo uno de' principali attori dell'epoca! di poterne chiedere la testimonianza ed il giudicio ad ogni istante, sopra ogni avvenimento! Figuratevi, lo infastidiva del continuo, chiedendogli la verità vera or di questa or di quella cosa. « E che fece, che disse, che pensò, che ordinò allora Vostra Mercè? E perché Vostra Mercè si regolò così e così? E perché antepose il tale al tale altro consiglio la Mercè Vostra? Ed a qual partito il signor Duca si sarebbe appigliato se le cose fossero andate altrimenti? Ed è vero quel che si racconta di Vossignoria Illustrissima?». Non giurerei che fra le tante domande indiscrete, non ce ne fosse anche qualcuna sulle accuse di fratricidio e d'incesto mosse al Borgia! Il quale, benché la mania dell'Orteguilla-y-Zumarraga dovesse irritare, stuzzicare, inciprignire le piaghe del cuor suo, pur seppe cavarne un mezzo di spasso dandogli ad intender le bubbole più solenni, le menzogne più badiali, le fiabe più fantastiche, le bugie più maiuscole, le frottole più colossali, le fanfaluche più goffe, gli spropositi più imperdonabili e le minchionerie più ridicole, che immaginar si possano. Don coso, credeva ed inghiottiva tutto; e tutto registrava accuratamente ne' suoi quaderni, taccuini, stracciafogli, zibaldoni e volumacci; e notando, ben inteso, d'attingere il tal chiarimento, il tal altro particolare da don Cesare Borgia, Duca Valentino. Così, rimpinzata di svarioni e di capestrerie, di scempiaggini e di assurdità, la sua cronaca c'è pervenuta intrinsecamente falsa ed apparentemente autorevolissi ma. Tutti i compilatori moderni la citano con venerazione, come una delle fonti più sicure per que' tempi:

Et voilà justement comme on écrit l'histoire.

Così passavano i giorni, le settimane, i mesi. Il Borgia deperiva. Era malguarito del veleno bevuto in fallo; si alimentava scarsamente e di povero cibo, che faceva cucinare in presenza sua e che voleva pregustato prima da qualchedun altro, per tema non gli propinassero tossico nuovamente. Ma l'inattività e la ristrettezza alle quali era sottoposto nella Motta (così chiamavasi la rocca di Medina-del-Campo), sarebber soprattutto ed a breve andare riuscite letali ad un uomo avvezzo a tanta operosità. Don Andrea eccetera, cercando rallegrano e non vi riuscendo, chiamò il medico, alle cui domande lo illustre prigione rispose col distico:

Cernis ut ignavum consument otia corpus;

Et capiunt situm, ni moveantur, acquae;

ch'è, se non erro, di Ovidio. La mogliera del castellano (che, particolarmente devota all'ex vescovo ed ex cardinale, sosteneva tutte le accuse di oscenità e crudeltà venirgli bugiardamente apposte dagli empii, i quali vorrebbero screditar la religione diffamandone i ministri) si recava talvolta a confortare il prigioniero. Questi la biandiva, l'accarezzava, l'adulava, la corteggiava, la lisciava, la piaggiava, cuculiandola un po' senza ch'ella lo avvertisse e studiandosi di propiziarsela ed accattivarsela, prevedendo che potrebbe servirgli d'averla benevola. Ma quando la dama diceva: «Vostra Mercè non deve disperare; tutto s'acconcerà, ci sarà rimedio a tutto, il Signore non abbandona i suoi» il Borgia le rispondeva: «Una speranza c'è: ch'io non son morto». Frase, ch'è un verso, ed un bel verso, bello come suono e come concetto, il quale s'incontra anche nell'Ardelia di Baldassarre Olimpo degli Alessandri da Sassoferrato: o questo è nuovo documento, che i begl'ingegni spesso s'incontrano, oppure quel cinquecentista posteriore deve aver letta la Cronaca dell'Orteguilla-y-Zumarraga, dove si riferisce questo aneddoto del Valentino. Il quale, teneva per fermo, che, stancandosi di fargli le spese, Ferdinando avrebbe un bel giorno ordinato di spacciarlo secretamente. E spesso si risvegliava in sussulto parendogli di sentir la voce dello Orteguilla-y-Zumarraga, che lo invitasse a raccomandar l'anima a Dio ed a seguirlo in quel camerone terreno dov'eran gli strumenti di tortura e la mannaia e sulla cui porta si leggeva:

ATRIS PATRATIS

ATRA THEATRA PARATA SUNT;

parole che col mero suono ti sbigottiscono. Avrebbe sorridendo incontrata anche quella morte; ma lo starne in continua aspettazione era intollerabil supplizio.

Verso Pasqua di risurrezione un frate girolamino fece chieder più volte al Borgia se volesse confessarsi e con tanta insistenza, che il Duca (il quale non intendeva comunicare per sospetto di veleno nell'ostia) dubitò di quel che infatti era e consentì a vederlo. Padre Ildefonso apparteneva al ricchissimo convento di Nostra Signora di Guadalupe. Ricco tanto, che quattro lustri dopo Andrea Navagero raccontava di que' frati: «Si dice che hanno grandissima entrata; ed oltre all'entrata, di limosine straordinarie che hanno delle cerche che fanno per tutta Spagna, una infinita somma; e di sorte, che molti affermano, che il tutto è per più di cento e cinquantamila ducati l'anno. Non mancano anche di quelli che dicono per certo, che hanno di contanti più d'un milion d'oro, che guardan in una bella e forte torre che hanno». Capo della comunità era appunto allora un mezzo-cugino del Valentino, Didaco Borgia. Mangione, beone, dormiglione, chiacchierone, poltrone, amante del quieto vivere, dopo essere stato alcun tempo presso il zio papa, invece di pretenderne la porpora od un principato, ne aveva implorato ed impetrato quella opulenta badia, dove scialava lontano da' rumori, tirando ad ingrassare, disprezzando gli onori ed il potere e predicando tutto esser vanità, tranne una buona cena e degli ozi beati. Non immemore però de' parenti che lo avevano beneficato, rammaricandosi della fede rotta da Ferdinando e da Gonsalvo e dolente della prigionia del Valentino, gli mandava padre Ildefonso, suo fidato, che girava per incassare i proventi della cerca, con lo incarico di assistere il cugino non ispiritualmente, anzi temporalmente; di non somministrargli consigli per avviarsi al cielo, anzi ogni aiuto per isgattaiolarsela dalla rocca di Medina-del-Campo, dove supponeva star Cesare a disagio e far magri pranzi e scarse cene.

Padre Ildefonso era ben provveduto dei denari della cerca; e dove i quattrini abbondano, le difficoltà si appianano; co' bezzi si supera agevolmente ogni ostacolo. «L'uomo» diceva Giordano Bruno, che avea sempre sofferto il male vergognoso di povertà «l'uomo senza l'argento et oro, è come uccello senza piume, che chi lo vuol prendere, sel prende; chi sel vuol mangiar, sel mangia; il qual però, s'ha quelle, vola; et se n'ha tante più, tanto più vola et più s'appiglia ad alto». Non racconterò quindi, come il Duca Valentino, grazie alle elemosine de' divoti spagnuoli e pii, grazie forse anche ad un po' di complicità della castellana, riuscisse a deludere la sorveglianza dell'Orteguilla-y-Zumarraga. Un bel mattino, mentre il valentuomo, travagliato dalla podagra, si faceva portare sulle braccia di due soldati alla stanza del prigioniero (per chiedergli che c'era di vero nella fama che avesse fatto ammazzare il cognato nella loggia di San Pietro), trovò la gabbia vuota, l'uccello fuggito ed una fune penzolante da un verone, che mostrava d'essere stato il mezzo della fuga. Señor, por aquí se salvó Cesar Borgia por gran milagro, diceva, molti anni dopo, un buon diavolaccio di vecchio, mastro di posta a Medina-del-Campo, mostrando al Branthôme il verone che rispondeva sopra un gran precipizio, e gli assicurava qualche spirito familiare avere assistito il Duca nell'ardua impresa. La commozione subitanea fece passar la podagra al castellano: balzò in piedi, ricercando dovunque, ma invano, il fuggiasco. Poi c'ebbe una febbre biliosa, che lo mise in pericolo di vita. Corse anche rischio di perder lo impiego: ma fortunatamente Ferdinando, che avea maggiori faccende per lo capo, si lasciò impietosire, tanto più che non c'era alcuno che invidiasse quella miserabil castellania. Poté dunque don Andrea rimanervi a spadroneggiare fino alla sua morte, ma non gli venner più dati in custodia prigionieri di rimarco, del che veementemente si lagna in più luoghi della sua Cronaca, ossia Teatro Universale delle Istorie de' suoi tempi, dove argutamente osserva, che chiudendo i prigioni di stato in altre rocche, si recava un danno positivo a' posteri, che rimarrebber privi di molte curiose notizie.

Della fuga o de' casi posteriori di Cesare Borgia si sparsero, forse ad arte, notizie dubbie ed erronee. Da' più si ritiene che morisse oscuramente in Navarra. Lodovico Domenichi nel dodicesimo libro della Historia Varia, dopo aver parlato della prigionia nella Motta, prosegue: «Però quivi ebbe tal sorte, che ingannando le guardie et calandosi giù per una fune, gli fu provisto di cavalli dal conte di Benevento, et così andò a trovare il Re di Navarra. Faceva allora guerra questo Re col conte d'Alarino, il quale s'era ribellato da lui. Nella qual guerra servendo egli valorosamente il Re, morì vincitore in una battaglia, che si fece a Mendavia, dove non essendo conosciuto, gli fur tratte l'armi, et lasciato ignudo. Ma un ragazzo gettò il suo corpo morto sopra un cavallo, et portollo a Pamplona; tirandolo senza dubbio il destino a quella città, di cui egli era stato già vescovo. Perciocché non s'è quasi mai trovato niuno, che avendo una volta lasciati gli ordini sacri presi, abbia fatto buona fine». E Pietro Brantolmense osserva: «L'uccisero d'una zagaliata i nemici uscendo d'agguato; non senza ch'ei combattesse da prode e valente. La quale bellissima sua fine ed onorevole deluse molti francesi, italiani e spagnuoli, che speravano ch'egli avesse a finire un giorno vituperosa e miseramente sotto la mannaia, per espiare le malvagità, le crudeltà commesse vivendo. Dee presumersi che Domineddio gli usasse questa misericordia, riguardo a qualche pentimento segreto. Così, la bontà sua divina si stende tanto su' tristi, quanto su' buoni, quando la implorano contritamente». Questa versione è compendiata dalla Cronaca dell'Orteguilia-y-Zumarraga, dalla quale hanno trascritto gl'istorici seguenti. Ma non ce n'è nulla. Il Borgia non andò in Navarra dal cognato, non morì allora nella battaglia appo Mendavia, non venne sepolto a Pamplona.

Or della cosa io vo' narrarvi il vero

Diverso assai da questa opinione:

Gli umani ingegni, quando più non sanno,

Favole tali ad inventar si danno.

12

Immascherato da girolamino, il Borgia, uscendo da Medina-del-Campo, s'incamminò col padre Ildefonso alla volta di Nostra Signora di Guadalupe. Viaggio, per que' tempi, lungo e disastroso, anche avendo come le signorie loro ottime cavalcature ed una scorta di alguazigli per proteggere i bezzi del santuario. Si fermavano od in conventi dello stesso ordine, od in altri conventi co' quali i Girolamini avevano trattato di ospitalità, o finalmente in case di ricchi signori, che si facevano un pregio di ospitarli, pascerli, accarezzarli e largheggiavan con loro di abbondanti elemosine e donativi magnificentissimi, ricambiati generosamente da padre Ildefonso con immagini di santi, rosari e benedizioni. Se la paura di venir inseguiti e presi non li avesse angustiati, sarebbe stato una delizia quel viaggio, nel quale, accolti dovunque da una ospitalità sfarzosa, non misero mai piede in un albergo, in una posada, in una osteria, in una locanda, né mai mano alla crumena. Gli osti, con le loro bindolerie, amareggiano ogni piacere a chi va peregrinando. Come dice il poeta,

Deh quanto dolce e dilettoso fora

L'andare intorno, il veder monte e lido

Di questa bella macchina talora

Che Iddio fe', perché a noi sia seggio lido;

Se l'uom trattar non convenisse ognora

Con queste arpie che vendon cibo e nido;

Con questi ladri oltre misura arditi

Che ruban sempre e non son mai puniti.

Sventuratamente i due non pensavano a tenere un diario, un giornale di quanto loro incontrava o parea degno di nota: peccato! Che pregio avrebbe ora per noi un itinerario del Duca Valentino, il quale ci descrivesse le cose com'egli le vide allora e ce ne tramandasse le impressioni! Sarebbe assai più prezioso del Viaggio in Ispagna del Navagero, che pur si legge con maggior gusto d'ogni altra scrittura dello arguto veneziano, di tutt'i suoi scarabocchi latini; quantunque, come diceva un editore, «stimeranno alcuni per avventura, che senza discapito della fama di lui, anzi con gran vantaggio di essa, potesse tralasciarsi; scorgendosi appena in tale scrittura (toltane la pura e semplice notizia de' luoghi e de' fatti) acume d'ingegno, bellezza di locuzione o lume di eloquenza». O tempi, in cui la ingenua e schietta descrizion delle cose o narrazione degli avvenimenti si posponevano agli arzigogoli ingegnosi, alle leziosaggini rettoriche ed alle cianciafruscole oratorie!

Don Ildefonso ed il pseudogirolamino, attraversando Olmedo, Valviadero, Arevalo, Villigillo e Santa Maria-de-Neva, furono il terzo giorno a Segovia, grande e buona città, in migliori condizioni allora che adesso, ma già decaduta dalla prosperità dell'epoca moresca. Non aveva ned ha cosa più bella, né per altro era ed è più degna di venir visitata, che per un acquedotto antico, al quale non si trova pari neppure in Italia. Tutto di pietra viva senza calcina, di opera rustica come l'anfiteatro veronese, cui somiglia di lontano per la grossezza delle pile e l'altezza de' tre ordini di volte, mena da circa un miglio, nella città posta in cima ad una cinghia di sasso, l'acqua, che poi discende al borgo nel piano. Salvo la sostituzione di qualche santo marmoreo a' simulacri degl'Imperadori romani che lo eressero, il monumento è integro ed intatto. Il Duca non era apprezzatore delle virtù miti cristiane: non poteva comprendere la grandezza del pensiero che surroga alle immagini de' padroni assoluti del mondo, dei vincitori di cento battaglie, de' legislatori d'un impero sterminato, le umili effige di un zoccolante o d'un domenicano. Le sue idee eran tutte mondane, e rifletté mestamente alla ingiustizia del volgo che abbatte le statue de' propri benefattori e ne cancella la impronta dal dono stesso magnifico, per sostituirvi le figure di chi non curò la cosa pubblica, non provvide ad alcun bisogno popolare, non ebbe pietà di alcuna miseria umana, ed attendendo alla sola salvezza dell'anima propria, si chiuse nello egoismo spirituale: «Se invece di purgar l'Umbria, le Romagne, la Marca, la Toscana, de' tirannotti impotenti che vi formicolavano, mi fossi rintanato su qualche cacume impervio o per qualche balza dirupata, oziando, pregando, predicando, facendo penitenza, sarei stato seguito e venerato dalle turbe, mi si innalzerebbero templi dopo morto! Ma non vorrei una gloria, che non poggiasse su grandi opere o mi si concedesse solo dalla estimazione del vulgo».

In quattro altre tappe, valicando per pessimi sentieri e sassosi, da non meritar il nome di strada, le montagne che separano la Castiglia vecchia dalla nuova, i nostri viaggiatori giunsero a Madrid o Merdid, come fu poi chiamata per ischerno da noialtri, alludendo alla sudiceria che vi trionfava, la capitale del reame cui soggiaceva tanta parte d'Italia. Quando in seguito si ripulì, la ingiuriammo per la sua nettezza e l'Alfieri le disse:

Qui pur già trovo il gallicume inserto,

Che dalle vie sbandito ha gli escrementi,

E così scemo assai l'ispano merto.

Fatte hai, Madrid, tue vie tersi cristalli;

Ma, sottentrando a' sterchi i gallici usi,

Vedrai quanto perdesti in barattalli.

A' tempi del Valentino, non era metropoli. Vent'anni dopo il Navagero sapeva dirne solo: «Madrid è buonissimo loco e posto in bel paese ed ha molti cavalieri ricchi e persone nobili che vi abitano: a tanto per tanto, forse tanti come nessun altro luogo di Spagna». Qui riposarono alcun giorno i nostri, ché una settimana di viaggio su' muli in Ispagna importava strapazzo maggiore d'un mese di marce forzate in Italia. Sentite bella descrizione che quattordici lustri dopo facea della contrada Filippo Sassetti: «Questo è un paese da curarsene, quanto al sentirne novelle; che del resto io non ci veggo altro di buono che 'l vino e le donne». O Le par poco, sor Pippo? «E se il Re Pietro d'Aragona venne in Cicilia, com'e' fu chiamato, non ve ne maravigliate, perché io vorrei anzi essere podestà di Montespertoli per un anno, che viceré d'Aragona, dove non occorre dire: Io fuggirò il sole all'ombra di quello arbuscello; e se voi avete fantasia della cenere che gettano via le nostre fanti, quando elle la cavano de' colatoi da ranno, fate vostro conto che tutto il paese sia una cosa tale. E male per que' luoghi, dove fiume non corre, ché si bee acqua piovana, ricolta in certe pozze, simili a quelle buche che vengono fatte in alcuni luoghi da' fornaciai per fare i mattoni. Egli è bene il vero, che beendo si ha questo contento, che nella caraffa si sente cantare il ranocchio, e vi si veggono dentro varie specie d'animaletti rossi, verdi, azzurri ed altri colori: o va' tu in Ispagna». Ma il Borgia non c'era mica venuto per volontà sua propria e libera. Lo Alfieri, quasi tre secoli dopo, rinnova le lagnanze e parla «delle pessime strade di quel Regno affricanissimo»; e dice:

...Ell'è guerriera impresa

Peregrinar, dove ogni ostacol trove

Senz'agio alcuno; e triplicar la spesa

Per esser tutto strada, strada niuna;

Tale Arabia in Europa assai pur pesa.

Da Madrid a Toledo si metteva tre giorni: ed è gita di qualche ora in ferrovia adesso. Toledo «è posta in uno scoglio aspro, circondato quasi da tre parti dal fiume del Tago. La parte dove non passa il fiume è forte per l'ascesa del monte ratta ed aspra; ma ha innanzi sotto di sé una pianura, che si chiama la Vega. Da tutte l'altre parti, passato il fiume, sono scogli e monti asprissimi e più alti che 'l monte dove è la città; di modo, che la città, ancorché sia in alto, per esser superata quasi da ogni canto da monti maggiori, è oppressa e sì serrata, che e la state vi fa un grandissimo caldo, che si serra in que' monti; e l'inverno è umidissima, per non vi entrar molto il sole e per le esalazioni continue del fiume; e massime che la parte piena e libera da' monti che è la Vega, è dalla parte di settentrione. I monti che sono circa Toledo sono tutti molto sassosi e nudi di arbori ed asprissimi». Così la descrive insuperabilmente il Navagero; eppure in una descrizione tanto evidente, quantunque buttata lì come la penna detta, di cui ned io, ned alcun altro contemporaneo sarebbe forse capace di scriver l'uguale, a me pedante, danno noia quegli asprissimi; avrei preferito che mettesse asperrimi; e' mi sembra quasi un reato; e se non misfatto e delitto, almeno almeno una contravvenzion... grammaticale, il dire miserissimo invece di miserrimo, celebrissimo invece di celeberrimo e simili. I nostri viaggiatori albergarono fuori città, al convento detto las Islas «che è de' frati Girolami; nel qual è un bel capo d'acqua, che fa il luogo bello ed abbondante d'arbori; cosa da estimar assai in quel paese».

Il Borgia veniva presentato come un padre siciliano. Avrebbe potuto spacciarsi per ispagnuolo, e tutti lo avrebbero agevolmente tenuto per tale, ché in fin de' conti suo padre era di quelle parti; ed egli parlava il castigliano in modo perfetto: ma le azionacce di Gonsalvo e di Ferdinando gli avevano messo in cuore un odio mortale contro tutta la nazione; e si trovava presso a poco nella condizion d'animo di quel fanatico lettor di giornali in non so più qual commedia del Goldoni, che aborriva tanto il gran Cane de' tartari, da non poter più veder cani. Ora in questo convento di las Islas si trovò un frate, che avendo passati alcuni anni in Sicilia, volle onorare il supposto siciliano imbandendogli i maccheroni. Ché i maccheroni sono siciliani di origine; e prima de' napoletani, i quali anticamente venivan chiamati mangiafoglia, si chiamarono mangiamaccheroni que' gl'isolani. Ned allora si cucinavan come adesso. E per comodo delle lettrici vaghe di prepararli alla cinquecentista, riferirò un brano di messer Anonimo d'Utopia, vulgo Ortensio Lando, che insegna come si condisse: «Fra un mese, se i venti non ti fanno torto, giungerai nella ricca isola di Sicilia, et mangerai di que' macheroni, i quali hanno preso il nome dal beatificare. Soglionsi cuocere insieme con grassi caponi e caci freschi da ogni lato stillanti butiro et latte, e poi con liberale mano vi sovrapongono zucchero et canella della più fina che trovar si possa: ohimè, che mi viene la saliva in bocca sol a ricordarmene. Quando io ne mangiava, mi doleva con Aristoxeno, che Iddio non mi havessi dato il collo di grue, perché sentissi nel trangugiarli maggior piacere; mi doleva che il corpo mio non si facesse una gran capanna». A Cesare non piacquer gran fatto questi maccheroni col brodo di cappone, col caciocavallo, col zucchero e con la cannella; dové mangiarne, per dimostrar la sicilianità sua, ma sostenne che maccarone non venisse da ma'caroç, beato, anzi da manicarone, quasi grosso mangiare, come manicaretto vuol dire mangiare gentile. Maccarone, per sincope, prodotta dall'uso. Quel modo di condire i maccheroni, stomacherebbe noi del XIX secolo. Nec mirum. Anche l'ideale gastronomico, come ogni altro ideale artistico, religioso, politico, muta col tempo. Le fogge del cinquecento ci paiono ridicole, le cerimonie di quel secolo ci sembran buffe, le credenze di allora ci muovono a riso; l'arte stessa che in quel centennio toccò la perfezione, non risponde più a' nostri bisogni. Un egheliano tedesco direbbe che i momenti gastronomici e le categorie culinarie sono storicamente fluidi. Chi mai gusterebbe a' dì nostri le quaglie col zucchero ed acqua rosa, come si rileva dalla scena XV dell'atto III dello Filosofo dello Aretino, che allora si mangiassero? chi, de' fegatelli di pollo inzuccherati? a chi salterebbe in capo di spremere melarance, invece di limoni, su fritto? E pur così facevasi allora sempre. Ne citerò in testimone il Cieco d'Adria e questo brano d'una sua dicommedia:

VOLPINO   Odi: fa mèttere

I fegatelli di polastri a cuòcere

in su le brage.

BRANCO   Anzi più tosto a friggerli

Ne la padella con grasso; e con spezie

E melarancio poi condirli e zucchero.

VOLPINO Perdio, tu dici il ver; questa è la regola

Degli antipasti.

Ed altrove, il medesimo:

CRAPULO Hai compro poi melaranzi da spremere

Sopra gli arrosti?

RIGO   Messer no.

CRAPULO   O che bestia!

Non varran nulla.

Da Toledo a Toryos fu breve tappa, e qui don Ildefonso ed il compagno trovarono un'altra casa di Girolamini pronta ad ospitarli: se ne terminava appunto la costruzione a spese d'una vecchia bigotta pinzochera, per nome donna Teresa Henriquez. Vedova con un figliuolo unico, delle entrate sue grandissime dava poca parte al futuro erede necessario, tenendolo a stecchetto; ed il più spendeva in monasteri e cose di devozione. Il figliuolo, uomo già maturo d'età, facetissimo, parlava sempre per bisticci e parabole; ma si mostrava spesso maninconioso pel desiderio delle rendite di cui la madre lo privava. Avendogli il padre Ildefonso chiesto come stesse la signoria sua, rispose: «Ho un mal nuovo e non consueto di venire agli uomini, che è mal di madre». Udendo poi l'oriuolo donato dalla madre alla torre de' Girolamini sonare a rovescio, sclamò: «Questo non è oriuolo, ma erraiuolo». Vantandosi inventore di un sistema di filosofia, com'e' diceva bisticciosa, ne avea sempre in punta di lingua le sentenze principali. L'idea per lui era il principio di tutto, perché idea, Iddea. Ciò che è, non potrebbe non essere, perché fatto, fato. Insomma, a lungo andare, riusciva più fastidioso di quel demonio Tiritera, cui, come narra Perlone Zipoli:

«Ben tu puzzi, di pazzo, ch'è un pezzo»

16

Disse Pluton, bestiaccia per bisticcio.

Cadde il discorso su' grandi uomini che non sempre riescono ad incarnare i disegni magnanimi, e lo Henriquez: «Chi giunge alla meta, chi solo alla metà, non c'è altro divario che d'un accento». Ma quando, non potendo immaginare chi fosse lì presente, ripeté l'epigramma di Pasquino contro Alessandro VI:

Vende Alessandro e porpora,

E chiavi, e crisma, e Cristo:

Se pria ne fece acquisto

Venderli a dritto or può;

durò fatica Cesare a trattenersi e gli abbisognò gran prudenza per non inveire contro chi, a dritto od a torto, frizzava, ingiuriava, vituperava, infamava la memoria del padre suo diletto.

La dimane si andò a Talavera ad albergare in una altra girolaminería, bellissima. Il giorno appresso ad un altro convento della religione stessa a Ponte dell'Arcivescovo; ed il seguente a Villaneda; e quello di poi si pervenne finalmente a Guadalupe, castello giacente in grembo ad una valle fertile e piena di acque, con un santuario dove concorrevano genti innumerevoli e dal Portogallo non lontano e da tutti i regni di Spagna, per la devozione grande che vi avevano. V'era maggior concorso sempre che a Loreto in Italia. Il castello, oltre al monastero, apparteneva tutto ai frati: «Il monastero certo è bellissimo, ed ha dentro tutte le arti necessarie ad una città, nonché ad un monastero: e tutto quel che può abbisognar di fuori cosa alcuna. È ben fabbricato; e tra le altre cose ha due bellissime volte da tener vino, l'una per botti molto grandi, l'altra per vasi di terra. Ha bellissimi giardini, pieni di aranci e cedri bellissimi, quali sono anche nel resto del loco, abbonda di un grosso capo di acqua della qual si serve prima il monastero e per li giardini e per tutto il resto: poi esce e serve a tutto il castello». Così ragguaglia il Navagero. I terrazzani bevevano l'avanzaticcio de' religiosi.

V

L'abate Didaco, o Diego che dir si voglia alla spagnuola, accolse a braccia aperte il cugino; ma non istimò savio partito il manifestare alla intera comunità chi fosse l'ospite. Alcuni de' maggiori ufficiali del convento eran suoi nemici: e poi, fidarsi è bene e non fidarsi è meglio; nessuno fu mai tristo per le troppe cautele e per la troppa diffidenza. Certo il quondam cardinale Duca Valentino, conduttor di eserciti, non avea modi ed aspetto fratesco: ma in que' tempi non era cosa da insospettire, e perché il frate viveva molto nel mondo e perché molti sgannati e disillusi si ricoveravano in tarda età ne' chiostri e perché molte vocazioni sendo sincere, non s'era ancor generalizzato quel tipo monacale tra l'apata e l'ipocrita. L'abate il presentò come un amico conosciuto a Roma presso il zio papa, dove gli era stato largo di cortesie, che ora, scomparso il comun protettore, fuggiva la corte e si rincantucciava in fondo all'Estremadura per camparvi ignoto ed oscuro. Né que' monaci, triplamente taciturni e per la regola e perché spagnuoli, e perché d'altro non si curavano che di mangiare e digerir bene, molestarono il nuovo compagno con inchieste pettegole.

Ignoto ed oscuro! Pur troppo! Può immaginarsi condanna o stato più acerbo, per un uomo della tempra di Cesare Borgia, con quel passato, nel vigor dell'età, con tali forze intellettuali? Ignoto ed oscuro chi avea dichiarato di voler esser Cesare o Nulla! Era nulla ora. Ripeteva malinconicamente l'epigramma del Sannazzaro:

Omnia vincebas; sperabas omnia Caesar.

Omnia deficiunt: incipis esse nihil.

Nulla! E gli splendori passati? «Hai veduto molte volte sulla scena, cred'io,» diceva Luciano «gli attori, che, come vuole il dramma, diventano ora Creonti, ora Priami, ora Agamennoni; e, se occorre, colui che poco innanzi rappresentava il grave personaggio di Cecrope o di Eretteo, poco dipoi esce vestito da servo, perché così comanda il poeta. Alla fine del dramma, ciascun di loro depone il vestone di broccato, la maschera ed i coturni, e se ne va povero e tapino; non è più Agamennone di Atreo o Creonte di Meneceo, ma si chiama col suo nome Polo di Caride da Sunio o Satiro di Teogitone da Maratona. Così sono anche le cose umane». Nulla! Ma non poteva rassegnarcisi, finché non fosse polvere o cenere. Gli uomini di quella fatta, se falliscono ne' loro disegni, ricomincian poi come Sisifo a rotolar di nuovo il macigno su per l'erta; e dicono, come quel personaggio del Berni

…se non son bastante a un fatto tanto

Sarò bastante almeno a far le pruove.

Un'opera, anco frustranea, sembra lor meglio dell'inerzia: meglio combattere con tutte le probabilità contro, che rimaner neghittosi. In que' tepidi viridari, in que' chiostri assolati, il Duca si sentiva affievolire, venir meno, struggere, svaporare, come un monticello di neve al sole. I libri non san più di nulla; la scienza, le lettere annoiano, tediano, rincrescono, infastidiscono, dopo tanta operosità pratica. Se non riacquistare il perduto e raggiunger lo scopo, o non poteva almeno vincer battaglie, espugnar città, esercitare comandi, procurarsi signorie: fare, operare, agire… Sì! come? Quel presuntuosaccio d'Archimede, che poteva pesare forse, a un dipresso, all'incirca, suppergiù, poco più poco meno un'ottantina di chilogrammi, si riprometteva di spostar col suo peso il mondo, ma gli occorreva un ipomoclio. Dove avrebbe trovato il punto d'appoggio sicuro il povero Borgia, in odio a' Re di Francia e di Spagna, allo Imperadore ed al Pontefice, costretto a nascondersi, perché neppure i luoghi d'asilo eran ricovero sicuro per chi incorreva nell'odio del papa? Il ricadere nelle unghie di

Ferdinando sarebbe stato un gran guaio: non si riesce in due evasioni consecutive. Non tutti i castellani son dabbenuomini, come l'Orteguilla-y-Zumarraga, né tutte le castellane hanno una particolar devozione pe' gerarcogeniti, come la governatrice della Motta di Medina-del-Campo. Prigionia per prigionia, quella nella badia di Guadalupe (vasta quasi quanto il palazzo incantato della Fata Morgana, il quale «avea dodicimila camere, quattromila sale e novecento cortili, senza gli altri buchi, bugigattoli, sottoscale, camerette, ripostigli e stanzini») era più tollerabile che in qualche rocca selvagia. E poi, i nemici del Borgia sapevano anch'essi assoldar sicari e stipendiare avvelenatori. S'egli fosse uscito da quello asilo, per mettersi nuovamente in evidenza, gli sarebbe di certo «intervenuto come alle mosche,» per dirla col Firenzuola «le quali potendo vivere sicuramente colla dolcezza de' fiori e de' frutti delle campagne, come prosuntuose e temerarie ch'elle sono, si metton negli occhi degli uomini, donde sono bene spesso cacciate con perdita della vita». Pensiero questo, imitato da Vincenzo Iacobelli, che ne' suoi Miracoli d'Amore, stampati a Roma nel MDCI, dice:

E far non voglio come fa la mosca,

Ch'a la campagna può viver sicura

E va a posarsi ne l'adorna tavola

De' cittadini, ove da un servo poi

Ammaccate le sono le cervella.

Pure, oh come invidiava i briganti che spesso, dopo aver fatta ricca preda, venivano al santuario ad offerirne la miglior parte, il fior fiore, alla Madonna, acciò intercedesse per loro! Come invidiava quanti convenivan colà d'ogni paese, per pregar pochi attimi e tornarsene poi alle loro città, alle navi, agli eserciti e riattuffarsi nelle onde sempre agitate della vita! Il soldato, il nocchiero, il contadino, il bracciante, il mendico, tutti invidiava quelli che potevano almeno spaziare liberamente pel mondo. Il monastero sterminato e gli sterminati giardini gli parevan più esigui d'un carcere, gli parevano angusti come una tomba; ed erano un avello, poiché lo appartavano, il escludevano dalla vita, dal mondo. Il Duca Valentino v'era sepolto.

Certo quella stanza era bella e dilettosa. Ma ora comprendeva per bene la lezione fattagli da un monaco della Certosa di Napoli, che, come si sa, è luogo il più dilettoso di quanti forse ne sono in Europa. Visitandola, fu menato in una loggia che chiamano il Belvedere, onde scorgi tutta la città e le deliziose colline circostanti ed il nostro ameno cratere. Egli non si saziava di lodarla, dicendo quel luogo esser copia o modello del Paradiso terrestre ed i buoni monaci non avere in quel romitorio che più desiderare in terra. Il valentuomo del priore lo condusse ad osservare altre curiosità e poi daccapo sulla loggia stessa; ed il Borgia, intiepidito nelle prime lodi, disse: «Il luogo è bello; vediamo qualch'altra cosa». Andarono in sacristia, di dove osservato quanto può dar l'arte nelle argenterie, ne' ricami, nelle dipinture, nelle scolture, fu ridotto la terza volta per altra via sulla loggia. Ma non volle entrarvi neppure, dicendo: «Padre, l'abbiamo veduta due volte: basta!». Allora il priore sorridendo: «Se così presto è fastidita Vostra Signoria, consideri noi, i quali non abbiamo altra veduta che questa, che ci pone sempre sottocchi la città medesima, le colline identiche, lo stesso mare».

In quel tempo, Cristoforo Colombo era appunto tornato dal quarto ed ultimo viaggio di scoperta, in cui riconobbe le coste di Darien e Panama. Parecchi de' suoi compagni pellegrinarono a Nostra Donna di Guadalupe, per sospendere ex-voto alla immagine della avvocata de' peccatori, come avevan promesso in momenti di pericolo o di paura. Recavano saggi e campioni di prodotti di quel nuovo mondo e miracoloso, che sorprendevano per la stranezza insolita gli abitatori del vecchio: piante, uccelli, istrumenti di guerra barbarici, oggetti d'oro lavorati rozzamente, perle e conchiglie e finalmente indiani, ossia indigeni americani, giovani fatti schiavi, che andavano coperti al modo del lor paese, cioè vestiti ignudi, solo con alcune […] come carpette. Quando alcuno de' reduci giungeva al santuario, il Duca, come tutti, più d'ogni altro, si dilettava nel porgere orecchio a que' racconti, di esaminar quelle merci transatlantiche. Ricominciava a vagheggiar l'idea d'imbarcarsi ancor egli per lo emisfero occidentale, per iscoprirvi e conquistarvi provincie, per acquistarvi le ricchezze che poi gli permetterebbero di trionfare in Europa ed in Italia, e, se non altro, per vivervi liberamente, operando, andando, venendo, facendo, navigando, cavalcando, combattendo, dominando, spogliando e spodestando. Ancorché solo a capo di pochi avventurieri, signoreggiando solo tribù barbariche, e' si sarebbe sentito colaggiù indipendente ed autonomo, come quando conduceva eserciti poderosi per la Italia centrale, spalleggiato dallo infallibil padre comune de' cristiani tutti. I reduci dall'America... Ma allora non si addimandava per anco America, come pare la chiamassero in seguito da Amerigo Vespucci. Io non avea mai compreso in qual modo da Amerigo, piano, potesse venire America, sdrucciolo; e perché poi il nuovo continente si battezzasse dal prenome di quel gentiluomo, anziché dal cognome: ma poi ho letto nell'Humboldt la dimostrazione che quel nome venne usato dapprima in Germania, e non mi ha più sorpresa né la stortaggine filologica né l'ingiustizia storica della denominazione... I reduci dall'America, dico, con buona fede forse, narravano mirabilia fantastiche del paese lontano; le quali venivano accolte per vangelo dalle menti e meno scettiche allora, e predisposte a creder qualunque portento, dopo aver visto un tanto miracolo. Come diceva quel Giovanni da Cermenate, notaio milanese, de' tempi di Arrigo VII?

Si referam quae multa mihi iam visa notavi

Nulla fides dictis dicitur esse meis.

Q uis mihi, si narrem per summa cacumina Lambrum

Esse reversurum, dicat babenda fides?

Omnia nunc credo, quia plus mirabile vidi;

Sic, lector, scriptis tu quoque crede meis.

Le narrazioni strane d'un vecchio pilota, il quale infermatosi gravemente, si curava nella infermeria del convento ed avea seco due schiavi indiani, curiosamente vestiti di piumaggio dagli svariatissimi colori e fulgidi, confermarono il Duca Valentino nell'idea di navigare, d'imbarcarsi per un viaggio transoceanico di scoperta e di conquista. Quel vegliardo travagliato dalle febbri, temendo che la morte il sopraggiungesse, volle sgravarsi d'un suo gran secreto, confidandolo al meditabondo monaco italiano il quale attentamente ascoltava e liberamente ne rimeritava i racconti. Anche agli occhi d'un rozzo marinaio ed inesperto, il Borgia, tra la greggia, l'armento, la mandra, il proquoio di que' girolamini, facce ch'esprimevan la pecoraggine, la buaggine, l'asinaggine, la maialaggine, subito apparve diverso e di natura e d'ingegno migliore e maggiore. Le cose che il pilota gli manifestò sub rosa, superavano in singolarità quanto egli aveva ancora udito delle Indie.

Quel vecchio, timoniere d'una delle tre navi, con le quali nel terzo viaggio il Colombo scoprì la terra ferma del continente meridionale, sparve col suo legno in una tempesta ed il ritennero perduto. Ma raggiunse poi improvvisamente l'Almirante naufrago nella Giamaica nel quarto viaggio, montando con due indiani una canòa (maniera di naviglio barbarico, fabbricato d'un solo arbore). Onde proprio venisse, non si seppe: narrò a' compagni d'aver dimorato in una isola di cannibali e prudentemente occultò loro alcune preziosità che avea seco. In Guadalupe veniva ad offerire alla statua della Madonna una collana d'oro ed uno smeraldo. Il monile era di così squisito lavoro che don Sallustio di Sandoval, orefice madrilegno settuagenario (capitato al santuario per ringraziarvi la Vergine con una lampada di argento, di avergli concesso un figliuolo dopo cinque anni di matrimonio infecondo), ebbe a stupirne. E crocesignandosi giurava di non esser capace neppur lui d'un lavoro simile, e bestemmiando spagnuolescamente, che nessun altro in Europa potrebbe condurre una cannaca, un vezzo cosiffatto. Lo smeraldo poi, di grandezza più che insolita, era intagliato in guisa da rappresentare una rosa. Al Borgia il vecchio mostrò tre altri smeraldi enormi; uno in figura di corno; l'altro di pesce con gli occhi d'oro; il terzo in forma di campanella, con una perla fina per battacchio; ed altri molti oggetti d'inestimabil pregio e di bellezza infinita. Poi narrò come e dove li avesse conquistati e d'un paese incognito nel quale avea sbarcato primo d'ogni altro europeo.

La procella gli avea sconquassato, sdrucito, scompaginato e rotto il legno, dopo averlo aggirato più giorni e tratto lontanissimo. Solo superstite della ciurma intera, venne raccolto sulla spiaggia dagli indiani, che il custodirono amichevolmente, e dopo alcun dì, fece un lungo viaggio sulle spalle di bastagi che mutavano ogni tante miglia, non dando il paese altre bestie da soma punto. Aveva attraversato un paese mirabile; e selve e monti e città popolose e strani popoli vestiti di piumaggi: fino ad una valle incantevole, dov'è un gran lago, poco discosto dal quale sorge una vasta metropoli chiamata Tescuco. Là un cortese Re barbarico lo aveva accolto ed ospitato come un messo d'un loro dio, onde aspettavano con ansia il ritorno dall'Oriente perché condurrebbe il secol d'oro nelle terre temistitanensi. Era dimorato alcun tempo in quel reame, tra quelle genti imparandone il sermone, addottrinandosi ne' costumi, assistendole nelle guerre e facendo stupire gl'indigeni con le industrie europee. Dopo lungo tempo e molte preghiere gli concessero di partirsi in una canòa equipaggiata da pochi remigi e carica di doni; ma dopo aver promesso di ritornare con un numero maggiore di figliuoli di Quezzalcoatte (così avea nome il nume onde il reputavan progenie).

La ciurma inesperta avea sofferto privazioni senza fine nello sterminato viaggio e tutti gl'indiani eran morti, salvo i due che il buon pilota conduceva ancorseco; ed egli temeva già di crepare naufrago o per fame o di venir mangiato dagli antropofagi caraibi, allorché approdando alla Giamaica vi s'imbatté per fortuna somma nello Ammiraglio sbalzato anch'egli dalla tempesta in quell'isola malsana. Non avea stimato però di rivelargli le sue scoperte fortuite: temendo perdere quanto onore e vantaggio se ne riprometteva. Non rifiniva dal celebrare le ricchezze e la civiltà de' tescucani, e le quantità di metalli preziosi accumulate nelle città visitate da lui, in una delle quali assicurava e giurava lo interno delle case essere rivestito, intonacato, impiallacciato di argento. Il quadro aveva una sola macchia oscura: l'uso cioè de' sacrifici umani ad un idolo deforme chiamato Guizzilopòccili, i cui templi sorgevano come piramidi altissime, sulla cima delle quali i prigionieri di guerra, dopo essere stati costretti a ballare con tormenti feroci, venivan poi distesi sopra una lastra di sasso: ed i sacerdoti aprendone i petti con sassi aguzzi ne strappavano i cuori palpitanti che si offerivano al dio, mentre il cadavere veniva poi ripartito tra' principali astanti, cucinato dottamente e mangiato come vivanda prelibata in isplendidi conviti. Il vecchio rabbrividiva ancora nel ricordar tali abominazioni.

Ma narrava cose più strane, le quali se vere, avean faccia di menzogna. Il Re di Tescuco, per nome Nezagualpiglio, aveva una figliuola detta Ciaciunena, che possedeva la facoltà del capo meduseo, di lapidificare cioè ogni essere vivente i cui occhi s'incon trassero co' suoi. Le fate, che albergavano pe' monti circostanti alla valle, vennero tutte convitate alla nascita della principessa, perché, secondo l'uso, la fatassero: usanza antichissima, della quale il comparatico moderno è una reminiscenza: ma scomparse le fate dal mondo, e non potendo i compari e le commari nostre conferire a' figliocci ed alle figliocce le qualità fisiche e morali di cui per lo più difettano anch'essi ed esse, hanno ormai solo l'obbligo di offrir loro qualche regaluccio; ed il chiedere da un amico che ci tenga il figliuolo sul fonte battesimale equivale al tirargli una stoccata. La sola fata del Popocatepetlo venne trasandata dal monarca di Tescuco; o per trascuraggine mera, come suol accader talvolta, o perché albergando ella in un vulcano venisse stimata malvagia, o perché nessuno si fidasse di portarle lo invito arrampicandosi su per quei greppi inaccessibili. Comunque sia, venne ommessa. Le fate convitate stavan tutte raccolte intorno alla culla della neonata, ed il Re Nezagualpiglio, dalla camera contigua, le ascoltava con giubilo conferir doti alla pargoletta. Chi le augurava bellezza, che andasse crescendo di giorno in giorno; chi le concedeva ingegno acuto, chi bontà d'animo, chi eloquenza suasiva, chi ricchezze; chi un pregio e chi un altro. Oh se la millesima parte degli auguri si fosse verificata, la Ciaciunena non avrebbe avuta la pari al mondo! Don Nezagualpiglio gongolava. Quand'ecco, ad un tratto, rimuoversi il coltrone che otturava il vano d'ingresso (che i tescucani non usavan usci) e comparire la fata popocatepetlesca con un sogghigno infernale, indemoniato, diabolico, satanico, mefistofelico, sulle labbra increspate: «Ed io» rantolò sibilando «ed io ti dò d'impietrire con gli occhi, quanti ne incontreranno lo sguardo». E si guardò intorno poi sghignazzando e cachinnando, fregandosi le mani e stropicciandole, come chi si pregi d'aver fatta una bella cosa e ne aspetti plauso e congratulazioni dagli astanti.

Altro che plauso, battimani e picchiar palma a palma! Quel poveretto di Nezagualpiglio entrò, buttandosele a' piedi, pregandola, implorandola, supplicandola, scongiurandola, di ritrattar l'empio voto. Queste umiliazioni del Re prima la consolarono, poi la intenerirono persino: ma il voto espresso da una fata è irrevocabile; non può mutarsi, disfarsi, distruggersi né da lei, né da altri, secondo il dottissimo Blödsinning nell'aureo suo volume: Della costituzione politica e civile della Fateria (Lipsia MDCCCLXII, in-ottavo), quantunque l'acuto Tropfio nella sua dissertazioncella: De Imperio Demogorgonense (Gottinga, MDCCCLXXIV) cerchi provare che Demogorgone abbia facoltà di modificarlo. (Veggasi del resto l'articolo del professore e dottor Träumer nella puntata di gennaio MDCCCLXXV della Rivista per gli studi di geografia e statistica utopistica di Tubinga, nonché la pregevol monografia inserita dallo Jrrlehrer ne' rendiconti dell'Accademia reale delle scienze di Berlino; monografia che gli ha procacciato dal governo italiano la nomina a Commendatore della Corona). Dunque la fata del Popocatepetlo convenne d'aver trasmodato un po', promise d'esser più riflessiva un'altra volta, ed assicurò Nezagualpiglio che gli si mostrerebbe quind'innanzi benevolentissima e che il favorirebbe e proteggerebbe in ogni modo. Ma il riconoscere un torto non lo ammenda, e non ne distrugge le conseguenze. La fata dello Istacciguatto, altissima montagna nevosa che sorge rimpetto al Popocatepetlo, non avendo ancor augurato nulla, cercò di riparare alla malizia della consorella e di mitigare in parte il cordoglio di Nezagualpiglio, statuendo che la virtù sassificativa della Ciaciunena dovesse aver termine dopo tanti anni e non potesse frattanto ridonar mai a discapito, a danno, ad isvantaggio, a detrimento del Regno di Tescuco o della gran patria anaguachese. Poi le signore fate si recarono a complir la puerpera; gradiron quindi qualche rinfresco e finalmente partirono per le loro stanze su certe dimonia che facevan di bastagi i servigi, come l'Astarotte del Pulci. Le fate europee avevan carri tratti da draghi volanti; ma gli astechi, i temistitanensi non avendo idea di carretteria e di bestie da tiro e da soma, le fate messicane dovevansi contentare di viaggiare in lettiga od in qualche sedia, sulle spalle di farfarelli, spiritelli, demonietti, folletti, appunto come i signori del paese sulle terga de' loro tamani.

La bimba venne consegnata alla balia che le desse da succhiare e questa le porse il capezzolo e le canticchiava una ninna-nanna: ma dopo qualche minuto ammutolisce e la bimba comincia a vagire e frignare bizzosamente. La madre sentendo il piagnisteo, garriva dal letto la nutrice. Ma questa zitta: non rispondeva, non buzzicava. «Dormi forse, tangheraccia?» strillava la Regina. Non dormiva ché avrebbe tentennato il capo, capozziato, come dicono energica mente i napolitani. Accorsero le dame di corte sgridandola, increpandola, riprendendola, strapazzandola; fiato perduto, non dava segno di vita, sebbene non desse neppur segno di morte, perché il corpo rimaneva ritto e saldo. La scossero... e la trovarono impietrita, mutata repentinamente in una agata dura rigida e frigida, nell'atteggio, nella mossa in cui stava al momento della subitanea transustanziazione conservando ancora e per sempre i colori naturali. Spavento e raccapriccio da non potersi descrivere! Diamine se piangeva la bimba! una lattante che sente tutt'a un tratto mutarsi in onice o sardonica la poccia che avea tra le labbra e cessare il dolce moto delle braccia che la cullavano e la cantilena soave della ninna-nanna!

Ma son quasi impietrito ancor io rileggendo questo brano ed accorgendomi di aver adoperato il verbo vagire che non è di Crusca, mentr'io, come ognun vede, mi adopero, mi studio, m'ingegno, mi sforzo a non adoperar vocabolo che non sia autorizzato da don Buratto. E' mi par di sentirlo dire a me come allo Alfieri:

Ed io le dico che il verbo vagire

Non è di Crusca. Usò il Salvia vagito,

Ma allo in tutto vagir non si può dire.

Basta, mi consolerò del mio lapsus-calami, pensando che quel vocabolo è stato usato dall'Alfieri appunto e dal Marino, che disse:

...Tremaro i poli e la stellata corte

A quel fiero vagir tutta si mosse...

...Pigolando vagisce e corre tosto

Su l'urna manca ad appoggiar la bocca.

Non sarà voce toscana, ma è di certo italiana, se due de' nostri migliori scrittori l'hanno adoperata. Ma torniamo alla corte di Tescuco.

Una gentildonna strappò la pargoletta piagnucolosa dallo amplesso tenace della statua e per quetarla un po', l'alzava in aria e la faceva ballonzolare. In questa la creaturina sorrise e guardò colei che la divertiva e che immediatamente restò lapidificata ancor essa sostenendo in alto con le braccia indiasprite la Infanta. Il nuovo impietrimento, al quale succedettero parecchi altri, sbigottì per modo la corte, che nessuno osava più avvicinarsi alla tremenda pargoletta: non si trovava chi l'allattasse, chi l'accudisse, la fasciasse, la sfasciasse, la lavasse. Gli stessi geni tori, spaventati dalla pietrificazione di tante cameriste, rimanevan perplessi e dubbiosi e chiedevano a sé stessi se non fosse per loro un sacro dovere, ancorché doloroso, il condannare a morte quel mostro.

Laio e Giocasta, due galantuomini del tempo antico, fecero esporre sul Citerone il neonato Edipo, per sola paura di un male futuro; nessun greco ne li ha biasimati; e, strano a dirsi, fra tanti moderni che han rifritto quel tema, non uno ha trovato quattro parole di compassione o simpatia per quel bambinello innocente, di riprovazione per lo infanticidio consigliato a' genitori dalla credulità nelle frottole dell'oracolo. Ma Nezagualpiglio, ancorché barbaro, ripugnando dallo spargere il proprio sangue, fece sonar campana di consiglio. I savii, dopo lungo discutere, dopo proposte, controproposte, emendamenti, pareri vari, e non so quante votazioni, deliberarono che la fanciulla non fosse da uccidersi, anzi da educarsi diligentemente, però sempre col capo coverto e con gli occhi bendati; ed usando gli educatori precauzioni senza fine, secondo apposito regolamento il quale si dieder la briga di compilare.

Grazie alle benedizioni delle fate benevoli, la mozza crebbe e venne su, adorna d'ogni pregio: bella, virtudiosa, avvenente... ma infelice pure oltre ogni dire. Disamata da tutti, fuori d'ogni speranza d'esser mai amata da chicchessia. Era in condizioni più misere assai d'una cieca, e si faceva cieca volontariamente: ma quantunque sempre bendata, quantunque si conoscesse la bontà dell'animo di lei, que' che la circondavano vivevan sempre pieni di sospetto e diffidenza. Veniva servita con rispetto, ma da servitori, domestici, familiari, sergenti, fanti, schiavi, dalle facce pallide, dalle ginocchia tremanti, dalle mani madide di sudor freddo, sempre pronti a buttar lì ogni cosa e fuggirsene al primo moto dubbio di lei. Rifuggiva dal mostrarsi in pubblico, e perché il popolo superstiziosamente la cansava e perché ella temeva di nuocere anche senza volere. Non l'era lecito come a tanti infelici solitari di trovar sollazzo o conforto educando, affezionandosi qualche bestiuola, perché gli animali anch'essi lapidefacevansi sotto ai suoi sguardi. Oh, perché la non divenisse trista e malvagia, perché non le venisse la tentazione di terribilmente adoperare e crudelmente la forza del suo sguardo e di cercare un sollievo alla propria miseria facendo soffrirgli altri; ci volevano proprio le buone fatagioni avute! Figliuola miserrima, infelicissima, arcisventurata, non osava neppur godere de' baci materni, fuorché nelle tenebre perfette; e per conoscer le fattezze della genitrice, doveva contentarsi del ritratto e di quella cognizione imperfetta delle fisionomie che si acquista col tatto. Le venne concesso il contemplar la madre sol quando fu divenuta cadavere. Allora, solo allora, quando gli ululati delle cameriere e delle prefiche le annunziarono che la Regina di Tescuco aveva esalato l'ultimo respiro, solo allora alzò gli occhi nel volto di colei che l'avea partorita a tanti dolori ed insolitamente strani. Voleva renderle gli estremi uffici, essa, voleva chiuderle gli occhi, dopo averli finalmente mirati. Ma toccò un sasso. La sua facoltà pietrificatoria si estendeva a' corpi esanimi eziandio, non a' soli viventi. Aveva reso eterna la misera spoglia della madre.

La scoperta di questa nuova proprietà della Ciaciunena, o, per dir meglio, di tutta l'estensione della sua fatal qualità, le giovò moltissimo e le rese tollerabile la esistenza. Da quel momento, potendo essere utile, venne apprezzata; e non fu più schivata, ed aborrita tanto. Diventò la pietrificatrice universale di tutte le salme tescucane. Alla umana vanità piace l'idea di una pietrificazione postuma, che serbi intatte le forme e le fattezze. Divenir sasso o quarzo, mentre s'è vivi ancora, fa raccapriccio; divenir tali dopo morte, indurire in guisa da sfidar lime e seghe (ed i tescucani non avevano strumenti di ferro e d'acciaio) sì, volentieri; perché è una vittoria sulla morte nella morte stessa. In Tescuco si smisero e roghi e cemeteri. I cadaveri venivan quotidianamente recati in un atrio della reggia, e la Ciaciunena, passando di là e guardandoli fiso negli occhi spenti, li tramutava in tante statue, assai più meravigliose e come materia e come lavoro di quanti simulacri sono stati scolpiti dagli artefici più famosi d'ogni epoca e d'ogni luogo. Altrove sarebbe stata adoperata anche come arnese di guerra, per impietrar gli eserciti nemici: ma le guerre de' tescucani (come quelle degli altri popoli messicani) avevano per iscopo principale di procacciar prigioni da ingabbiare, ingrassare, sacrificare, cucinare e mangiare; la principessa col rendere immasticabili ed indigeribili i nemici, avrebbe tolto e scopo e premio alle battaglie.

Il vecchio del pilota toccava proprio la vera eloquenza narrando le meraviglie, i portenti, le mostruosità da lui viste, poiché persuadeva e della sincerità sua e della verità dei racconti. Egli descriveva minutamente di quanto vantaggio fosse ai Tescucani la mirabil virtù degli occhi della Ciaciunena. «Natura,» diceva egli, alzando involontariamente la voce, «Natura ne avea creati fragilissimi delle membra e nel declinare di poche ore oltre la esalata anima, le avea destinate a pasto di osceni vermi. Un mucchio di squallida polvere, una macerie di cariato ossame, segnava appena il supremo riposo dell'uomo, caro per affetti privati, caro per pubblica benevoglienza. La gramezza, l'orror de' sepolcri molto atteneva al pensiero di non conchiuder essi che logori avanzi della distruzione, e la semplice idea ne lo addoglia e spaventa. La sola religione vi stendeva una certa solennità, che temperava il ribrezzo del funerale spettacolo. Or nella mente agito una retrograda fantasia. Non più mi aggiro fra 'l lezzo e putridame di sotterranee fosse, tentando invano di scernere reliquie di padre, figlio, sposa, od amico, che confuse fra mille stranie m'ingannano il pio desiderio. Nei miei stessi lari, entro quelle mura che hanno gestito alla soavità di loro parola, che sono state tocche da essi, in quel medesimo aere cui insieme commettemmo il riso ed il sospiro, ritrovo amico, sposo, figlio, parente. Leggo l'antico amore nello immutato sembiante; quelle sapute forme a vita atteggiate, quelle braccia sporte all'amplesso, mi versano nella illusa anima una deliziosa obblianza della perdita loro. E se la mano disiosa si stenda alla chiedente mano, il gelido tocco mi scuote dall'estasi beata, ma il molesto ritorno alla vigilia ed alla realtà è accarezzato da un contemporaneo senso rinfrancatore, che non mai tempo ingordo m'invidierà quella effigie, perocché lungo e faticoso è suo morso contro marmi e metalli. Nella casta e matronal fronte dell'abava già splendida in vita per famigliari virtù, imparerà saviezza la vispa verginetta cui la rubella natura e il guasto secolo fieramente stringe e combatte. Nella corrugata e severa guancia del saggio antenato il degenere nepote leggerà il rimproccio di sue fallanze e dispetterà la impresa vita rotta a licenza e libidine. Quando il torvo feneratore mulinerà lo sperpero di un'angariata famigliuola, in avvisare la faccia esilarata e tranquilla di quel suo ascendente che apriva le arche ai benedicenti poverelli, forse gli scorrerà una misericordia di pentimento che lo ritrarrà dallo abisso. Cadranno di mano le inique fila al traditore mosse ad irretire la sua vittima, affisandosi nella fisionomia del congiunto che gli favella affetto, lealtà, ingenuità, candidezza. Sì, veramente: quei muti testimoni eserciteranno un benauguroso imperio sulle familiari associazioni e le renderanno migliori e per ciò più felici. Oh chi mi rende il mio Virgilio, il mio san Francesco d'Assisi, il mio Bruto! Perché natura insiem con esso loro non creò una Ciaciunena? Qual mai anima vi avrebbe sì bruta che non volasse oltre i confini del mondo, a pascersi e bearsi in quelle venerande sembianze! Chi non si sentirebbe spirato da un potente consimile spiro, acceso da una celeste emulatrice fiamma, in veder quelle fronti ove si concepirono tanto sublimi e magnanimi pensieri: quei labri donde tanta poetica vena, tanti fiumi di eloquenza e dottrina sboccarono: quelle destre che sì stupende bellezze colorirono, sì grandi verità vergarono! Ah che la sola idea di siffatta delizia trascende ogni umana beatitudine!».

Quanto è vero che la stessa causa produce sempre gli stessi effetti, che la situazione medesima suggerisce gli stessi pensieri e persino le stesse parole! Queste, che io ho trascritte, vennero profferite nel MDV da un vecchio pilota nella infermeria del convento di Guadalupe: è un fatto, veh! Eppure si leggono tali e quali nello in-ottavo intitolato: Della / Artificiale Riduzione / a solidità lapidea / e inalterabilità degli animali / scoperta / da Girolamo Segato; / Relazione / dell'avvocato / Giuseppe Pellegrini, / socio di varie illustri Accademie / con note ed aggiunte di prose e poesie. / Terza edizione. E tu ascolta, ché le mie parole / Di gran sentenza ti faran presente. / Dante, Parad. 7. Firenze / Per V. Battelli e figli / 1835. Libretto che non può leggersi senza provare un doppio rincrescimento; primo, che la scoperta dello illustre vedanese siasi perduta, secondo, che s'abbia a dir Segàto, piano, non Ségato, sdrucciolo:

Se in vece di Segàto

E' si dicesse: Ségato;

Ecco bell'e trovato

Un'altra rima a fégato.

Ma torniamo a bomba. Tutto il discorso del vecchio pilota si legge tal e quale nell'opuscolo del Pellegrini, proprio tal e quale, come se il Pellegrini fosse stato trecentotrent'anni prima nella infermeria della Guadalupe a stenografarlo. Ed il Duca Valentino rispose allo entusiasta presso a poco nei termini stessi d'un'annotazioncella apposta dal professor Quirico Viviani allo squarcio del Pellegrini: «T'accompagno volontieri nelle illusioni, quando sono destate dai virtuosi affetti dell'animo. Solo convien guardarsi dalla prestigiosa idea di troppo generalizzare la cosa, perché non avvenga che il pio desiderio non ci conduca ad un fine del tutto contrario al principio. Il salvare incorrotte le spoglie d'un personaggio storico può essere d'un grande effetto politico; il salvar quelle d'una sposa, d'un padre, d'un tenero congiunto, ovver d'un amico può essere d'inesprimibile conforto al cuore. Ma il riempire le case e i cimiteri di morti, secondo la tua fantasia retrograda, osterebbe alla perpetuità della conservazione, che è la cosa domandata dal cuore: perché giorno verrebbe, in cui i posteri sarebbero necessitati a ridurre in polvere a colpi di martello i loro cari antenati, per dar luogo ad altri, che a vicenda anderebbero soggetti al medesimo destino. Onde sarebbe ancora più fortemente sentita la verità di quel detto: O uomo, ricordati che sei polvere e in polvere sarai disfatto». Così è: dopo cinquant'anni di lapidificazione di tutti i morti, saremmo costretti a far brecciame de' nostri maggiori sassificati e le ruote delle nostre carrozze li stritolerebbero; ripeteremmo continuamente l'empietà della Tarquinia.

I tescucani però, impreveggenti di queste conseguenze remote, desideravano che la Ciaciunena prendesse marito, sperando i figliuoli eredi della sua virtù lapidificativa. Il guaio era che fra tutti i Re, i Principi ed i Gentiluomini d'Anaguaco, non fu possibile trovarne uno tanto ardito da chieder la mano della terribile, capace d'inquarzarlo nello scoccargli un bacio, nello stringerselo al seno, sempre che le piacesse ed anche involontariamente. Il recare in dote la corona di Tescuco non era compenso adeguato al pericolo. Se la Ciaciunena avesse commessa, perpetrata ogni abominazione immaginabile, se fosse stata il compendio d'ogni vitupero, i porci (volli dir proci) non sarebber mancati. «Ha raggi luminosi l'oro, che non solo illustra l'oscurezza del nascimento, ma abbagliando i lumi di chicchessia, cela tra' suoi chiarori ogni macchia d'obbrobrioso difetto. Anche a' filosofi regnanti son tollerabili le infamie delle Faustine che hanno per dote un impero». Ma qui non si sarebbe trattato di porre a repentaglio l'onor domestico e la certezza della prole, inezie, bazzecole, miserie, parvità di materia sulle quali si può passar sopra, anzi d'arrischiar la vita, la cara vita: ed i proci brillavano per l'assenza (frase da giornalista e da Tacito, gazzettiere bugiardo della opposizione nella Roma imperiale). La principessa parea quindi predestinata a morirsene fanciulla, zitella, vergine, guagliona, anche vivendo mille anni, con rammarico sommo, non so se suo, perché tra l'altre virtù le fate benevole l'avevan dotata anche di vero pudore e di casto pensiero, ma certo del popolo, che vedeva in lei una mummificatrice economica, anzi gratuita, con vantaggio delle borse private e della igiene pubblica.

Sulle prime il Borgia avea sorriso di narrazioni siffatte, e quasi le considerava per le solite menzogne de' viaggiatori. E pensava: «tu t'inganni, o tu ingannar mi vuoi». Ed anche: «Per venire scontata sulla piazza, una cambiale vuol esser accettata od avvallata da firme di credito: così pure un'affermazione. Chi ti guarentisce?». Ma quel vecchio nocchiero non sembrava, non poteva essere un impostore; la sincerità delle sue parole pareva evidente: mostrava in appoggio piante geografiche da lui rozzamente delineate; mostrava que' gioielli e quelle gemme tanto diversi e come valore e come lavoro da' miseri gingilli delle isole scoperte dal Colombo; mostrava finalmente una serpe ed alcuni uccellini petrefatti dalla Ciaciunena, che il Duca curiosamente disaminò. Que' suoi schiavi, che cominciavano a balbettare un po' di spagnuolo, corrotti con piccoli doni e leccornie, confermavano pienamente le asserzioni del padrone. Benché Cesare non sapesse spiegarsi di tali portenti, pure le testimonianze d'ogni maniera allegate dal vecchiardo eran tante, che finalmente si convinse della verità del fatto: e sì che non era credulo per natura.

Ma in que' tempi c'era più fede nelle meraviglie, si dava maggior peso all'autorità. Nessuno allora avrebbe osato profferire quella proposizione che ci sembra tanto naturale in questo secolo sulle labbra d'un sottile ravignan patrizio: «Se mi direte che dai denti di un teschio umano seminati in un campo, come quelli del serpente di Cadmo, è nata una bella schiera di fanciulli, io vi dirò che questa è cosa impossibile, quand'anche tutti i professori di una dotta città mi gridassero: Noi abbiamo veduto il portento cogli occhi nostri; noi siamo uomini incapaci di mentire, e in te non è potenza d'intelletto sufficiente a conoscere fin dove arrivano le forze della natura». Dal Nuovo Mondo poi non facevano strabiliare le narrazioni che più contraddicevano all'ordine di natura stabilito nel vecchio. Il Vespucci narrava di aver trovate in una isola «sette femmine e di tanto grande statura, che non aveva nessuna che non fusse più alta che io, una spanna e mezzo... E noi... accordammo di rubar due di loro... di quindici anni.., per far presente a questo Re... E vennono trentasei uomini... ed erano di tant'alta statura, che ciascuno di loro era più alto stando ginocchioni, ch'io ritto. In conclu sione erano di statura di giganti, secondo la grandezza e statura del corpo che rispondeva con la grandezza; che ciascuna delle donne pareva una Pantasilea e gli uomini Antei». Ed allora non fu creduto che il Vespucci dicesse una bugia; e questa, certo, fu delle più piccole ch'egli scrivesse. L'immaginazione riscaldata de' primi navigatori faceva sì che i loro sensi travedessero, traudissero, trasentissero per sino traodorassero e tragustassero. Fra le carte del Machiavello c'è un epitome di alcune lettere scritte nel MCCCCXCIII e nel MCCCCXCIV di Vaglia dolid da Simon Verde del Borgo di San Lorenzo a Mugello, intorno al secondo viaggio del Colombo. Vi noto il brano seguente: «Domandando al Capitano delle qualità dell'acque, mi disse che nella prima isola de' Camballi,» cioè de' Cannibali, e, come dice lo Stigliani: cannibale, in Indico, val prode, «che, nella prima isola de' Camballi, essendo isceso in terra, e avendo sete, trovò uno fiumicello d'acqua chiara e bella, della quale e' bevve; e trovolla di sapore come le ispezierie vi fussino istate istemperate dentro, e che era fresca, e molto caldo gli accese nello stomaco». Era tradizione tra' nativi di Portoricco, che in una delle Lucaie fosse un fonte il quale avea virtù di ringiovanire chi vi si attuffasse e vi diguazzasse o vi si facesse sciaguattar drento. E Giovanni Ponze de León armò tre bastimenti a sue spese per andarne in cerca; e così scoperse la domenica delle Palme del MDXII la terra di Florida. La fontana di gioventù non doveva parer più possibile alla mente d'allora d'una mozza impietratrice. Volete di più? Il Colombo credette una volta d'esser giunto nei dintorni del paradiso terrestre e ne assegnava sue buone ragioni: ché di ragioni in sostegno di qualunque pazza opinione o storta, non è mai stato difetto. Epperò addimandiamo l'uomo animale ragionevole.

Ed anche a' nostri giorni forse sarebber credute queste istorie, malgrado tanto scetticismo. Certo hanno trovato non pochi credenzoni e le tavole giranti e lo spiritismo; certo la Revalenta arabica e simili panacee, arricchiscono i manipolatori. La credulità umana non è esausta. L'uman genere, sebbene si compiaccia e diletti di ostentare dello scetticismo a tutto pasto, non n'è ancora a pensare come quel personag gio dell'Orlando Innamorato:

Tanto ho creduto già, ch'io me ne pento.

L'augel, ch'esce dal laccio ha poi paura

D'ogni fraschetta che si muove al vento.

Io sono stato ingannato sì spesso,

Che non che altrui, ma non credo a me stesso.

Il Re di Prussia Federigo Guglielmo, fratello e predecessore di questo Guglielmo di ora, credeva agli unicorni; e commetteva specialmente a certi fratelli Schlagintweit, a' quali somministrava quattrini per viaggiar nel Tibet e nella valle di Casimira, di procacciargliene uno. Que' galantuomini portarono una berbice, le cui corna, molto ravvicinate alle basi, finivano per unirsi e confondersi alla punta. Si trattava d'ottener quattrini da quel Re pusillanime, per nuove spedizioni: «Mostrategli per ora la sola punta delle corna,» disse loro Alessandro d'Humboldt «poi, intascata la moneta, potrete anche lasciar vedere che in origine le son due». Tra il credere all'unicorno od a' giganti, alle pillole di Holloway od al fonte di gioventù, agli spiriti od alla guagliona pietrificatrice, non è gran divario.

Pure il Duca ripugnava a tanto sforzo di fede. Ne conferì con lo abate Didaco, il quale, sebben preferisse ad ogni altra cosa il pecchiare ed il pacchiare, era uomo colto ed arguto. Don Diego non iscorse alcuna impossibilità intrinseca nella narrazion del pilota. Una muciaccia che impietri con gli occhi, non gli parea cosa lontana e aliena dalla ragion naturale. Citava gli antichi e la favola della fatal Gorgone, e come Perseo

…passimque per agros

Per que vias vidisset hominum simulacra ferarumque

In silicem ex ipsis visa con versa Medusae.

Ed osservava le favole antiche esser tutte allegorie, amplificazioni poetiche di fenomeni naturali. Citava l'esempio del basilisco, che nasce da un uovo di gallo e dal cui sguardo, anco alquanto da lungi, si spiccano alcuni spiriti nocivi e mortali; e che dal basilisco si spicchino questi spiriti, dottamente l'esprime Cecco d'Ascoli nel capitolo della natura del basilisco in que' versi:

Signor è il Basilisco de' serpenti,

E ognuno il fugge sol per non morire

Dal mortal viso e dagli occhi lucenti.

Non è animale, il qual fugga la morte,

Che subito di vita egli non spire:

Tanto è il velen di quello acuto e forte.

Annoveransi parecchi portenti analoghi. Il poter del demonio esser grandissimo, e tutte le popolazioni pagane vivere in arbitrio del fistolo, che si scapricciava tra di loro con oracoli, mostri, prodigi, prestigi, e meraviglie d'ogni genere, per sempre maggiormente irretirli, vincolarli, abbindolarli, aggirarli e sottometterseli. Così esser pure avvenuto degli antichi gentili. Il Fontenelle non aveva ancora scritto il suo libro sugli oracoli.

Il vecchiardo, come ho detto, ispirava fiducia; ed avea mostre al Borgia parecchie carte geografiche rozzamente disegnate, e discreti calcoli astronomici, che dovevano agevolar di molto il ritrovar la terra lontana di Anaguaco. Pur sempre Cesare nudriva alcuna diffidenza contra di lui, alcun dubbio della sua sincerità. Tanto, che sendo il pilota peggiorato ed avendo chiesto di confessarsi, il Duca Valentino, quantunque spretato da un pezzo, non rifuggì dallo ingannar sacrilegamente lo infermo, presentandosi invece del confessore richiesto, tutto scontraffatto ed immascherato per non farsi riconoscere. Di notte, alla scarsa luce di un lucernino fumoso, il nocchiero non si accorse della sostituzione e smammò, sverzò quanto aveva sulla coscienza. Il Borgia lo interrogò, lo scrutinò, lo scandagliò per ogni verso, avvalendosi dell'autorità usurpata; e quando fu ben convinto che il malato era sincero e quando l'ebbe ben disposto a' suoi intenti, gl'impartì un'assoluzione, che non avea qualità di concedere. Ma forse avendo mirato a rendere ereditaria la potestà pontificia, vaneggiava di poterne esercitare una parte. Fortunatamente lo infermo risanò; fortunatamente per l'anima sua, che gravata di molte peccata, non era stata riconciliata col Creatore da un sacerdote competente; ed anche per san Pietro, che non avrebbe saputo come regolarsi e se ritener valida l'assoluzione del Borgia, considerando la perfetta buona fede e la contrizione del povero pilota; oppure inefficace perché nulla, sendo stata data da chi non poteva darla. A Cesare che importava uno stratagemma, uno inganno, un sacrilegio aggiunto a' tanti? Aveva raggiunta la certezza ambita e maturava un piano da par suo.

Meditava di navigare verso il paese di Anaguaco, di andarne a Tescuco, d'indurre o con le buone o con la violenza la Ciaciunena a seguirlo in Europa: sposarla, rapirla, poco importa: secondo le circostanze avrebbe adoperato da volpe o da leone. Quella donna fatale, gli sarebbe poi stato mezzo per riacquistare il perduto e concretare gli antichi disegni ed audaci. Disponendo di tal forza miracolosa, non dubitava di conquidere ogni altra. Avrebbe rinnovate e superate le gesta de' cavalieri erranti, presentandosi anche solo innanzi agli eserciti nemici.

Come il Ruggero dell'Ariosto, scoprendo lo scudo incantato, abbarbagliava, abbacinava, accecava temporaneamente gli avversari; lui, mostrando la bella donna nella quale tutti convertirebbero gli sguardi, avrebbe impietrito ogni malevolo. Si sarebbe presentato innanzi a Giulio II ed a' cardinali che lo avean tradito, per convertirli in duri scogli su' loro seggi. Percorrendo l'Italia e l'Europa, si lascerebbe dietro una traccia più terribile che di sangue: il sangue vien lavato e dimenticato; ma le orrorose statue ch'e' produrrebbe dovunque, ricorderebbero a' debellati la sua possanza soprannaturale. Il cedere innanzi a chi tanto è privilegiato sugli altri non ripugnerebbe a' popoli, che correrebber proni sotto il suo scettro. Quella Bologna, quella Fiorenza, che non avea potuto ingoiare per lo passato; quella Vinegia formidabile, i Re di Francia e d'Aragona, lo Imperador senza denari, tutti vincerebbe. Ad una occhiata della Ciaciunena non resisterebbero né le schiere del gran Capitano, né le falangi svizzere, né le bande de' migliori condottieri… sbaglio, diventerebbono anche troppo resistenti; e la troppa resistenza impedirebbe loro di resistere. Gli artiglieri rimarrebber di sasso con la miccia in pugno accanto alle artiglierie inutili, che i cavalli impietrati non trasporterebber più né avanti né indietro. L'impeto della cavalleria francese servirebbe solo a far produrre dalla Principessa di Tescuco delle statue equestri in quelle mosse che nessuno scultore, ancorché valentissimo, stimò possibile il riprodurre mai. Potrebbe stabilire quell'ordinamento ideale, che avea vagheggiato per la Italia, ed il quale, se anche avesse potuto impiantarsi convincendo i volghi della sua bontà, da mantenersi e difendere era solo con la prepotenza. Difatti come nota san Nicolò Machiavelli: «Tutti li profeti armati vinsero e li disarmati rovinarono: la natura de' popoli è varia ed è facile a persuadere loro una cosa, ma è difficile fermargli in quella persuasione. E però conviene essere ordinato in modo, che quando non credono più, si possa far loro credere per forza». Prenderebbe allora la rivincita, si ricatterebbe del sofferto: e quand'anche dovesse regnare sopra una contrada popolata più da statue silenziose che da uomini, che importa? I simulacri almeno non si ribellan mai.

VI

Cesare Borgia palesò i suoi divisamenti al cugino Diego e gli chiese di aiutarlo e di assisterlo. Io non particolareggerò tutti gl'imbrogli loro

…le minuzie fastidiose passo.

Il pilota fu indotto ad offrire all'ordine de' Gerolomini il possesso delle regioni lontane da lui scoperte. I frati di Nostra Signora di Guadalupe, raccolti in capitolo, vennero affascinati da vaghe descrizioni e da disegni ambiziosi, in guisa da concedere che si manomettesse il tesoro di parecchi conti d'oro, gelosamente custodito nella lor bella torre e forte. La cupidigia vinse l'avarizia. Lo abate si rivolse al vescovo Fonseca ed al cardinal Ximenes, che reggevano tutte le faccende delle Indie Occidentali, e chiese licenza di armar due o tre legni per iscoprir nuove terre e conquistarle, purché queste venissero poi date in feudo all'ordine de' Girolami. Mance generose fecero sì che il Fonseca non s'opponesse a questa, come ad ogni altra bella impresa e non attraversasse i disegni del Valentino, come aveva attraversati quelli del Colombo, come attraversar dovea quelli del Cortese. Lo abate ebbe la licenza: scelse alcuni frati più fidati e devoti a lui per prender parte nella impresa, della quale nominò capo il cugino, somministrandogli quanto denaro occorreva per comperar le navi opportune e per arrolar gli uomini e provvedere a tutti i bisogni d'una navigazione lunghissima e delle imprese di guerra probabili. All'acquisto de' legni ed al viaggio doveva soprantendere il vecchio pilota.

Cesare partì con esso, con padre Ildefonso ed alcun altro religioso per Siviglia, fermandosi a pernottare a Rincón, luogo de' frati di Guadalupe, al Campanario, al Campiglio, a Valverde, a Cazalla ed a Cantillana: misero sei giorni a far la strada, attraversando la Sierra Morena, Mariani Montes. Alloggiarono fuori della terra, nel Monastero di San Girolamo, de' frati Girolamini, «il quale è bellissimo e di fabbriche e di giardini pieni di aranci e cedri e mirti infiniti… Buon grado hanno i frati che vivono lì a montar di lì al paradiso». Ma il luogo dove fu innalzata la bandiera di arrolamento fu una casetta del Duca di Medina-Sidonia, sulle Grade, rimpetto a quella Giralda che giustifica il motto:

Chi non ha visto Siviglia,

Non ha visto meraviglia.

Il Duca di Medina-Sidonia, co' suoi meglio che sessantamila ducati d'entrata, era un da meno ed un menno: «È uomo che non val molto e che non è buono da cosa alcuna. Bisogna insegnarli tutto quel che ha da dire, quando parla con alcuno. Onde accadde quella piacevolezza, quando visitandolo un vescovo, gli dimandò come stava la mogliera ed i figliuoli, eccetera. Ha per moglie una… bellissima donna, la quale governa il tutto, insieme con un fratello di detto Duca, del qua! si dice che è più moglie che del marito, e che i figliuoli che ha, son di costui. Perché questo meno si abbia da dubitare, certo è, che hanno cercato, provato.., come 'l Duca è mezzo insensato ed inabile a governar lo Stato, che il Papa dispensi che la moglie sia del fratello, e lo Stato insieme: tenendo però il Duca, finché vive, come una insegna». La dispensa era stata accordata da Rodrigo Borgia, alias Alessandro VI; e la Duchessa, e 'l cognato, riconoscenti e memori, cercarono di disobbligarsi in questa occorrenza verso il figliuol di lui, del cui disegno di emigrare in America erano informati. Il paggio della Duchessa, che era «un garzon nero, pezzato di bianco cosa rara e di maraviglia», andava e veniva di continuo dalla Duchessa al convento, recando imbasciate e doni.

Nella Scelta degli uomini, mise il Borgia gran cura. Veramente, a' termini delle leggi vigenti, potevano imbarcarsi pel Nuovo Mondo i soli sudditi della Corona di Castiglia: n'erano esclusi persino i sudditi del Re di Aragona; epperò sulla tomba di Cristoforo venne scritto:

A Castilla y a León

Nuevo Mundo halló Colón.

Ma una ciurma ed una soldatesca spagnuola non convenivano al disegno di Cesare, che invece cercò di popolar le sue tre navi con italiani, adescandoli con larghe promesse e laute caparre da' legni senza numero che di Genova, di Venezia, di Napoli, approdavano ne' porti della costa e risalivano il Guadalquivir sino a Siviglia. Trattandosi di faccenda commessa a frati ed all'ordine potente de' Girolamini, gli ufficiali regi non la guardavan tanto pel sottile; le mance copiose toglievan loro ogni voglia di far difficoltà; e poi, già, non ci eran fedi di nascita in quel tempo ed i registri eran tutti in ordine. I Passalacqua, i Crisafulli, i Gallifuoco, i Giustiniani si portavano come Alvarado, Escobar, Sandoval, Olid e chi volete che si pigliasse l'incomodo di andare a verificar l'esattezza degli statini? Chi doveva sospettarli falsati? Il Fonseca era noto protegger l'impresa. Inoltre era uno di que' momenti di accasciamento e disinganno, ne' quali si riteneva che imbarcarsi per nuove scoperte fosse atto di pazza demenza, di sconsigliatezza. Troppi disinganni avevan colpito gli avventurieri spagnuoli: non credevan più alle ricche promesse degli arrolatori; ed in questo caso, presentandosi un castigliano, gli s'imponevan condizioni tali, che egli presto deponeva la idea di partecipare alla impresa.

Finalmente giunse il momento di salpare. La Duchessa di Medina-Sidonia volle donare al Borgia, come ricordo ed augurio, la spada del conte Fernando Gonzales, che in illo tempore aveva aiutato Garzia Perez de Valgas a conquistar Siviglia. Onde chiaramente risulta la spada, che attualmente si mostra ancora a Siviglia, come del Gonzales, con la iscrizione:

Son la ottava meraviglia:

Non saprei dir quanti gozzi

Da me fur passati e mozzi,

Ma so ch'io presi Siviglia,

essere apocrifa: c'è stata sostituzione di lame. E di quanti arnesi di grandi uomini che religiosamente si custodiscono in molti musei ed in celebri bicocche o stamberghe, l'autenticità è del pari dubbia! Ma guardatevi bene dal manifestar questi dubbi sul luogo! Dininguardi. Anzi giurate che la tale spada è proprio quella di Dante da Castiglione e la tal penna quella con cui l'Ariosto scrisse l'ottava che incomincia:

Forse era ver, ma non però credibile

A chi del senso suo fosse signore.

La sferravecchia autentica del Gonzales sta forse a' nostri giorni ossidata e rugginosa in qualche casupola di semiselvaggi indiani. Al Borgia non doveva servire a nulla, perché troppo grande e greve. Basta, il buon cuore fa il pregio del dono.

Trascinati dalla corrente del fiume, le navi giunser presto a San Lucar de Barramedo, alla foce del Beti; e quindi si dilungarono con prospero vento dalla costiera spagnuola. Il Duca Valentino provò soddisfa zione grandissima, trovandosi finalmente sul mare, piano come una lastra di verde antico, sotto il cielo sereno, lontano da quel suolo malfido delle Spagne, dove, ad ogni istante gli pareva di dover esser di nuovo imprigionato. La Regia ospitalità Castigliana ed Aragonese gli garbava poco. Ormai era imbarcato in un'alta impresa, e non gli sarebbe rincresciuto il morir tentandola, affogato ne' gurgiti del mare o sforacchiato da saette barbariche, quanto il languire fino ad una tarda vecchiezza in una rocca, prigioniero, dolendosi e rodendosi di continuo.

Avrei adesso una magnifica occasione per introdur qui la descrizione di una tempesta; anzi debbo convenire di aver cominciato parecchie volte ad abbozzarla. Veramente, de visu, conosco poco il mare in burrasca, ché non mi è mai capitato di navigare mentre l'amico imperversava, infuriava, nabissava. Dalla riva l'ho visto talvolta fare il diavolo a quattro; anzi rammento di aver da bimbo, in quella Nizza che ridiventerà italiana, palpitato un giorno per molte ore, guardando un legno, che pericolava. Ma cosa mai sono le commozioni de' nostri buoni mari d'Italia, a petto alle convulsioni dell'oceano Atlantico? Avrei lavorato di fantasia come fan parecchi, compilando una descrizione dalle descrizioni che tante abbiamo di tempesta nella nostra letteratura. Anzi, per dirla, avea già cominciato a fare un ricaccio di simili racconti.

Per esempio, nelle Avventurose disavventure del napolitano Giambattista Basile c'è una burrasca narrata da Dorillo.

Ma lasso! invidioso del mio bene,

Intesi sospirar ne l'aere il vento,

Infelice presagio di miei danni.

E in un momento udissi

Latrar fuor de l'usato l'empia Scilla,

E farsi l'onde infuriate e bianche.

E negli alpestri scogli

Rompendo l'acque rapide e sonanti

Faceano rimbombar d'intorno il lido.

Ed a guisa di monte

Ascendean l'onde in alto; che poi rotte

Ne l'incavati scogli,

Con orribil muggito

Si risolveano in schiume; onde 'l nocchiero

Nel volto impallidito

Segni mostrò de la speranza morta.

Ecco un'altra descrizione patetica, che desumo da un romanzo del veneziano Gianfrancesco Loredano: «La tempesta incalzava di maniera, che non ci dava l'animo di poter mirar il pericolo. Era tutto ripieno di tenebre, che pareva che gli dei avessero per assorbirci levato i raggi a tutti i luminari celesti. Si poteva credere, che il cielo volesse affogare il mare, o che 'l mare tentasse di muover guerra alle stelle. I venti concorrendo con l'onde, ci apprestavano altezze e precipizi. I tuoni e i folgori abbagliando la vista e l'udito, levavano il comando e l'ubbidienza. Le grida dei marinari e de' piloti, per contenere i remiganti in ufficio, non arrivavano che imperfette, e invece di rimediare al pericolo partorivano confusione ed accrescevano timore. I remi non potendo contrastare con la violenza dell'acque, si rompevano in mille pezzi, come lo facevano le sartie e i canapi. La diligenza del Trace, che con una generosa intrepidezza, ora esortava, ora prometteva, ora minacciava; facendo in un medesimo tempo l'ufficio e di marinaro e di Re, prolungava il naufragio, che di momento in momento ci soprastava».

Avrei potuto fare un cibreo di queste e tant'altre descrizioni di temporali, burrasche, tempeste, uragani, groppi, grugni, fortune di mare, remolini, tropee, tifoni, trombe, e simili galanterie ed affezioni dell'oceano. Avrei potuto attribuire al Duca Valentino qualche motto sublime, come quello profferito dal giureconsulto egregio milanese, Giason Maino, uomo di turpi costumi. Il quale accompagnando la Bianca Sforza che andava a marito a Massimiliano Imperadore squattrinato, avvenne che sul Lario ebbero una fortuna grandissima, e stettero lì lì per annegarsi. L'Imperadrice con le dame; i signori ed i cavalieri; i barcaruoli stessi lagrimavano, piangevano, singhiozzavano, frignavano, gemevano, ululavano per paura della morte. Solamente messer Giasone era quello che di tutto si rideva, e né più né meno se ne stava come se il lago fosse stato tranquillissimo. Riuscì di sbarcare a Bellano e la Imperial donna chiese al vizioso giureconsulto, onde tanta fortezza di animo. «Serenissima,» rispose egli sorridendo «io so che il cuoco di Cristo non è ubbriacone da lessar la carne, che si deve arrostire». Ed è forse più eroico dell'intrepidezza nel temporale, il confessar così con impudenza quel vizio che poteva condurlo al vivicomburio.

Io però sono istorico coscienzioso: narro i fatti quali mi risultano esser avvenuti, non a capo mio. Ora mi è forza convenire che la navigazione del Borgia fu prospera; i venti propizi; il mare tranquillo. Non gli accadde, non gli occorse né di ostentare intrepidezza, né di profferir parole memorande. Vestito d'una tonaca di lana bianca sulla quale pendeva fino a' piedi lo scapolare nero con un angusto cappuccio e rotondo, quasi cappa o manto che aperto sul davanti scendesse dagli omeri a terra (insomma nell'abito degli Eremiti di San Girolamo), attese a farsi amare e ben volere da tutti gl'imbarcati. Noto è ch'egli affascinava co' modi, col buon garbo, quanti lo approssimavano,

Come dissi, se ben vi ricordate,

Però più replicar non me lo fate.

Colto, arguto, scherzevole, affabile, cortese, prodigo, lusinghiero sapeva il modo di conquistar gli affetti delle persone onde abbisognava. Ammaliare, innamorare, sedurre, addomesticare, mansuefare, cicurire, accattivarsi gli animi più ritrosi e difficili, gli era agevol cosa, sol ch'e' vi attendesse: sicché, strano a dirsi, malgrado le perfidie innumerevoli attribuitegli, trovò sempre chi fidasse in lui, chi per lui tutto arrisicasse. Tanto si adoperò, s'ingegnò, s'industriò, s'arrabattò, assistendo, donando, accarezzando, promettendo, che insomma, prima di raggiunger le Antille, divenne l'arbitro di tutti i cuori, e governava quel gentame, quella geldra, quel canagliume, quella marmaglia più con l'affetto suscitato nelle rozze menti, che con l'autorità conferitagli dal cugino abate.

In guisa che, quando, attraversato felicemente lo Atlantico, nella prima isola in cui rilasciarono (ignoro se fosse la Martinica o la Guadalupa o la Maria Galanta od altra) radunò ciurma ed avventurieri sul lido d'una insenatura; e comparve innanzi a' suoi trecento, non più da frate, anzi da guerriero; non più nella goffa acconciatura bicolore ut supra, anzi corazzato da un giaco di acciaio, con la barbuta adorna d'un pennacchio bianco, con la mano rivestita dalla manopola ed appoggiata sull'elsa del pistolese (ch'era una specie di pugnale, e non una pistola, come sembra creder taluno a' dì nostri, e come ha immaginato un pittor francese, figurando lo Aretino nello studio del Tintoretto; mi basti in prova questa citazione del Bandello: «Stava il Deodati come trasognato, quando il traditore Turchi, preso un pugnale pistolese che colà avea messo, eccetera»). Ma lasciatemi riprender fiato: questo periodo è già troppo lungo e sto per imbrogliarmici! Quando apparve dunque... dimenticavo d'aggiungere ch'egli aveva anche una specie di pistola a rivoltella, perché questa non è d'invenzione recente, anzi lo Straparola ne descrive una posseduta dal Duca Francesco Sforza, figliuolo di Ludovico il Moro, nella favola III della IX delle sue Tredici piacevoli notti: «Appresso questo il signore trasse fuori un piccolo scoppio che a lato teneva ed aveva cinque bocche, le quali unitamente e ciascheduna da per sé poteasi scaricare». Se non è zuppa, è, com'ognun vede, pan bagnato: e pistola a cinque canne se non revolver. Quando apparve così trasformato, ed ebbe manifestato agli ascoltatori attoniti chi egli si fosse; e come, stanco del vecchio mondo, intendesse conquistare a sé ed a loro un regno nelle Indie, del quale sarebber compadroni; ed ebbe dipinta agevole la cosa, perché, come dice il Montluc: «bisogna possibilmente occultare a' soldati la conoscenza del pericolo presente, ove si voglia condurli di buon animo al combattimento»; ed ebbe invitato chiunque non volea seguirne la fortuna a dichiararlo e segregarsi, promettendo anche a' disertori lo stipendio d'un anno ed uno de' legni per recarsi alla Spagnuola; quando gli altri frati Gerolami ebbero rinnovato al Duca guerriero l'espressione dell'ossequio che dianzi professavano al loro confratello e superiore; quando alcuni vecchi soldatacci, che avevan militato in Italia sotto i gonfaloni di lui, l'ebbero acclamato: tutti gli avventurieri ed i marinai gli giurarono unanimemente fedeltà, lo inchinarono come guida e capitano, impegnandosi a seguirlo dovunque gli piacesse guidarli. Non uno fra tanti che dissentisse, che facesse diffalta: gioivano, esultavano de' mutati destini: la rapina, la pirateria, la conquista, dicevan lor meglio che il colonizzare un paese incolto ed esser vassalli di frati. I più avevano un basso ideale della milizia, e ne apprezzavano solo la licenza, pensando con Ludovico Zermignassi-Malombra:

Forse non è milizia

Un concesso omicidio, un latrocinio

Con trascorso di legge

Senza incorso di pena?

Il petto del Valentino si gonfiò per lo giubilo. Non aveva osato presagire o sperare la unanimità. Ma la sua eloquenza trascinava tutti; e gli giovò in quella, e gli era giovato in tante altre occasioni di non appartenere alla milizia ignorante, come l'ha chiamata un nostro contemporaneo. Egli credeva, con molti altri, ciò che osserva un poeta, narrando in qual modo il Colombo raumiliasse gli indiani col pronosticare un ecclisse solare:

Crediate, o sommi Re, ch'ogni pendice

Dominate mondana ed ogni piaggia,

Quel sol de' vostri eserciti è felice
Ch'un dotto capitan sopra si aggia,
Perché, come in un corpo errar non lice
Le mani e i piè, quando la testa è saggia,
Così in campo i guerrier perir non ponno
Quando guidati son da un saggio donno.

Or quai duci del secolo presente
Avrebbono in virtù d'un solo detto
Saputo aita all'affamata gente
Procacciar dell'esercito soggetto?
Pochi certo; i quai par, ch'oggi contente
Il puro saper leggere ed ischietto,
E con penna segnar sol tante note
Con quante il nome lor formar si puote.

Non son la spada e il libro arti sì avverse
Che congiunte una l'altra ombri e rintuzzi,
Come suol da color credenza averse
Che i raggi del giudicio han poco aguzzi.
Anzi una illustra l'altra e si fan terse
Quasi coltello che a un coltel s'aguzzi:
Quindi l'antica età Palla fingea
Degli studii e dell'armi esser la dea.

Sì fatti furo i più nomati eroi,
Così Cesare e il figlio in pregio salse,
E più d'uno altro ancor, prima e dappoi,
Che con la mano e con l'ingegno valse.
Le cui chiare vestigia e non de' suoi

Vili tempi al Colombo imitar calse.

Perciò quando bisogno aver gli avvenne

Fin de' nemici istessi i vitti ottenne.

VII

Da quell'Antilla, qualch'ella si fosse, dopo un riposo di alcun giorno, rinnovata l'acqua, Cesare Borgia riprese il viaggio navigando a golfo lanciato fino all'isola di Cozumel, che fu poi nota agli europei, sol dopo che il Grixalva v'ebbe approdato nel MDXVIII. Indi rasentando, piaggiando, costeggiando lo Yucatán, raggiunse le sponde messicane ed il luogo ond'era partito il vecchio pilota. Toccavano la meta del lungo corso marittimo. Le tre navi del Valentino solcavan le onde a meno di un tiro di fucile dalle rive sulle quali i navigatori scorgevano gl'indigeni stupefatti, attoniti, meravigliati, a bocca aperta, con le ciglia in arco, contemplar quel nuovo spettacolo, quelle case alate che si movevan sul mare, senz'opera di remo. I navigatori andavan costa costa; ed i barbari correvano marina marina. Finalmente i nostri ammainaron le vele e gittaron le àncore in un picciol seno, che parea ben protetto da' venti e quasi un porto naturale sicurissimo.

Se attendessi a descriver minutamente come s'iniziarono le relazioni tra la gente del luogo ed i seguaci del Valentino, andrei troppo per le lunghe, ripetendo quel che si legge ne' racconti degli antichi viaggiatori e scopritori di terre; suppergiù furon gli stessi episodi che avvennero al Colombo, al Ponze de León, al Grixalva, al Núñez di Balboa, al Cortez, a tutti quanti. Se non che i nostri ebber facilità maggiore di comunicare con que' barbari, conoscendone il vecchio del pilota la lingua ed avendone insegnato in buon dato al Borgia. Vennero dunque a bordo infiniti messicani, parte a nuoto, parte nelle canòe, recando in dono e fiori e frutta e piumaggi molto ricchi ed infiniti pappagalli di vari colori e vettovaglie d'ogni genere; e vendendo anche di queste cose e gioielli ed oreficerie per oggettucoli di vetro e d'acciaio, paternostri, sonagliuzzi, bubboli, specchietti ed altre frasche, inezie, minchionerie. Si affollaron per modo sulle caravelle, inermi tutti e quasi tutti ignudi, meravigliandosi della loro grandezza e degli apparecchi e degli artifici, da impacciare. Ed accadde cosa da ridere. Il Duca fe' sparare alcune artiglierie: una salva innocua. Ma quando salì il tuono, la maggior parte degli indigeni per paura si gettò a nuoto, non altrimenti che si fanno li ranocchi che stanno alle prode, che vedendo cosa paurosa si gettano nel pantano: tal fece quella gente; ed i rimasti sulle navi stavansi esterrefatti e ci volle il bello ed il buono per rassicurarli; e stimarono che fossero numi o semidei gli stranieri che padroneggiavano la folgore.

Il pilota dichiarò loro che la flottiglia portava un principe mosso dallo estremo Oriente, dal paese della luce, dove il sole nasce, attraverso lo immenso oceano per brama di vedere Re Nezagualpiglio e la figliuola Ciaciunena, la cui fama aveva passato il pelago. Gli indigeni subito immaginarono che gli europei fossero i discendenti del loro Iddio Quezzalcoatte, de' quali e portenti naturali (comete, aurore boreali, tremuoti, meteore, pioggia di stelle cadenti), e celebri vaticini presagivano prossima, imminente la venuta. Alcuni di essi s'avviarono alla capitale della provincia per ragguagliare d'ogni cosa il governatore (che la teneva per l'Imperatore di Tescuco, il quale l'avea conquistata di recente ed era un gran barone): ma non ne riferirò il nome, perché barbaro troppo, perch'era un polisillabo troppo irto ed ingombro di consonantacce eteroclite, che una bocca italiana mal saprebbe pronunziare. Frattanto gli avventurieri sbarcarono e s'accamparono, si attendarono, afforzandosi e spiegando magnifici padiglioni ed ergendo frascati e trabacche su d'un promontorio che formava penisola. I mansueti indigeni concorrevano in folla, largheggiando di fiori e frutta e cacciagione e cucinando a ufo pei forestieri una quantità di piatti nazionali e soprattutto dolciumi. Si sa ch'è dritto degli esseri superiori di approfittare del lavoro degli inferiori: i semidei discendenti di Quezzalcoatte trovavano i messicani pronti a servirli e volonterosi. Ed il Borgia non abusò delle buone disposizioni. E' non veniva, come pochi anni dopo lo scortesissimo capo-brigante Cortese, a schiavificar gli abitanti dell'Anaguaco, a furarne le ricchezze, a sovvertirne la religione, offendendone ogni sentimento, ledendone ogni interesse. Non meditava bottino, non ripartimenti d'indiani, non la distruzione de' sacrifici umani, degli idoli di Guizzilopòccili, de' superbi teocalli. Altro era il suo scopo: volle mostrarsi davvero potente e benefico come un Dio, ch'egli era tenuto; e seppe riuscir nello intento. Non suscitò quindi avversione e collere. Ma non lasciò neppure orma salda nel nuovo continente, che invece que' ladroni spagnuoli conquistarono: pochi anni dopo, la sua memoria era cancellata da' ricordi di que' popoli, perché i popoli rammentano tenacemente solo i flagellatori ed i carnefici, solo chi li percuote e travaglia; e non tien più conto negli annali de' buoni principi e degli uomini benefici, che de' buoni pranzi divorati nelle città e de' buoni bicchieri di vino cioncati nelle bettole.

La dimane, il governatore, lo intendente, il prefetto della provincia, via, venne con gran seguito a complire il Borgia e presentarlo riccamente in nome di Re Nezagualpiglio: oro in polvere ed oreficerie, smeraldi, tessuti finissimi di bambagia, piumaggi. Il Valentino il ricevette a cavallo, catafratto, con un elmo dorato in capo che risplendeva e sfolgorava percosso dal sole, riflettendone i raggi. Allo apparir del prefetto, moschettieri ed artiglieri sparáron tutte le armi loro con frastuono inaudito: ed il Duca apparve tra il lampo de' colpi ed i nugoli di fumo, veramente come un Iddio a' creduli messicani, che tutti, prefetto, sottoprefetto, consiglieri di prefettura, esattori, precettori, soldati, eccetera, eccetera, caddero ginocchioni per adorarlo, esterrefatti ed esultanti nel tempo istesso, unanimi nel riconoscere in lui Quezzalcoatte in persona. Il figliuolo d'un vicedio europeo, era promosso Dio effettivo in America. Quezzalcoatte (nome cacofonico che significa serpente pennuto od angue gemello) era un'antica divinità che que' popoli immaginavano barbuta, dalla bianca carnagione, dal capel nero e lungo: era lo Iddio dell'aria, una specie di sommo Giove, umanato secoli prima per ammaestrare, istruire, addottrinare, scaltrire gli anaguachesi nella metallurgia, nell'agricoltura, nella politica, essendo metallurgo e statista nel contempo, appunto come Quintino Sella. Aveva dimostrato la natura divina sua beneficando, caso insolito per gli Dei di qualsivoglia mitologia, ché gli uomini ergon più volentieri altari ed are, templi, delubri, fani, chiese, sinagoghe, moschee, pagode, cappelle, a chi li tormenta o spaventa. A' suoi tempi la terra somministrava fiori e frutti senza lavoro, e le spighe di granone eran di tal mole che un facchino a stento ne portava una sulle spalle. La bambagia veniva naturalmente colorita e meglio, con più saldi colori e vivaci, che non siano i nostri artificiali. L'aria redoliva sempre di fragranze elette e risonava di soavissimi canti, gorgheggi, gemiti, mormorii, pigolii, cinguettii, garriti d'uccelli variopinti senza fine. (Cose tutte che non avvengono a' tempi del Sella). Ma Quezzalcoatte, incorso nello sdegno d'un Dio maggiore ed esiliato, s'imbarcò sul golfo messicano,

Indi a l'instabil fè del flutto infido

Sé stesso crede e si commette al vento;

e partì verso l'Oriente, promettendo agli anaguachesi di tornare dopo qualche secolo o di mandare a visitarli. Un dottor Siguenza, spagnuolo, credé provare che Quezzalcoatte fosse san Tommaso apostolo; e più recentemente un certo Mac-Culloch, degli Stati Uniti, lo ha identificato col patriarca Noè: due opinioni egualmente probabili. Gli indiani di allora immaginarono di risalutarlo nel Borgia; il quale (curiosa coincidenza!) mentre nel vecchio mondo veniva detestato, esecrato, abominato come l'anticristo, come un demonio incarnato, nel nuovo poi era inchinato, ossequiato, venerato, adorato come Iddio.

Io non descriverò minutamente la marcia trionfale de' nostri dal luogo dello sbarco sino a Tescuco, metropoli del reame di Nezagualpiglio. Le popolazioni capitanate da' cacichi, uscivan loro incontro in massa, uomini e donne, femmine e maschi, tutta gente assai poco vestita: il che, per l'abitudine, non cagionava scandali (né sembrano gli antichi messicani essere stati più scostumati, discoli, libertini, di tanti popoli che andarono e vanno vestitissimi, abbigliatissimi, copertissimi, ammantatissimi, velatissimi, eppoi, non c'è che dire, faceva un bel vedere.., quando le persone eran belle. Checché asseriscano tutti i sarti, calzolai, cappellai, drappieri, guantai, eccetera, eccetera, il corpo umano ignudo o seminudo sarà sempre più vago e degno spettacolo de' cenci e de' fronzoli onde essi il van ricoprendo. Ma le donne ora son ridotte all'ufficio delle piavole, de' sospendabiti, de' piuoli, degli uomini di legno nelle bacheche e ne' negozi delle crestaie. Per le vie, ne' salotti, ne' teatri, dovunque, si guardan le robe che son gittate loro addosso e poco si abbada a quello onde poco si vede, cioè la persona che le sostiene. Ma torniamo a bomba. Gli anaguachesi eran genti di mezza taglia, molto ben proporzionate. Le carni di colore che pendeva al rosso, come il mantello del leone; non avevan pel corpo pelo alcuno, né si lasciavan pur crescere le ciglia e le sopracciglia, ché tenevano i peli per brutta cosa, salvo i capelli, che portavan lunghi e neri, ed i quali abbellivan le donne. Gli uomini andavano colà più ornati del minor sesso, come naturalmente dovrebbe esser dappertutto, ma la generosità degli europei non lascia esser tra di noi. Il maschio, in tutte le specie degli animali, è stato sempre creato dalla Natura più vago della femmina, adornato di fregi e pregi maggiori: il pavone ha quella coda e fa la ruota e la pavonessa no; il leone ha la giubba e la leonessa no; il cervo ha quelle corna a palchi e la cerva no; noi altri uomini stessi abbiamo queste belle barbe (salvo la mia ch'è brutta, crespa e multicolore) e le donne no. Presso tutti i popoli poco raffinati, le stoffe preziose, i gioielli, le fogge vistose, son per gli uomini, pei quali viene stimato conveniente il cercar di richiamar l'attenzione, quanto per le donne il fuggirla e sfuggirla. Ma noialtri europei abbiam voluto correggere la natura, ci siamo vestiti di nero come tanti merlotti, ed abbiamo ceduto alle signore europee i be' colori e le gemme e gli ori e le stoffe di pregio. Con quanto senno per la felicità nostra domestica, nescio. Basta, per ritornare nuovamente a bomba, dirò che gli anaguachesi portavano orecchini non solo, anzi pur buccole da naso e foglie d'oro incastrate nel labbro superiore. I maggiorenti poi sfoggiavano in isfarzose vestimenta di piumaggi, intessuti mirabilmente sul cuoio o sulla tela bambagina, ingemmati, tempestati d'oro. Gli abiti appunto che recati anni dopo in Ispagna fecero scrivere a Pietro Martire: Plumas illas et concinnant inter cunicolorum vilios interque gossampii stamina ordiuntur, et intexunt operose adeo, ut quo pacto id faciant non bene intellexerimus.

Attraversava il Borgia co' suoi, trionfalmente scortato dagl'indigeni, un paese di vaghezza miracolosa, foreste incantate dove albero non v'era, non uccello che portasse forme lor cognite, che gorgheggiasse con voce prima udita. Tale s'immagina il paradiso terrestre. Ma di tempo in tempo lo incontro di qualche teocalli con gli avanzi de' cadaveri delle vittime sagrificate agli dei paesani e soprattutto a Guizzilopòccili, l'orrendo Marte messicano, li spaventava anche un pocolino, se pensavano di essere in sì picciol numero in mezzo ad uno impero potente e sconosciuto, a delle miglia più di millanta, che tutta notte canta, dalle patrie loro. Il paradiso terrestre, col sospetto di venir cucinati un giorno o l'altro, non parea lor desiderabile. Però gl'indiani non ricettavano intenzione alcuna di papparsi gli ospiti che reputavan semidei: e se li pascevano a meraviglia, non era mica per ingrassarli. Già l'aspetto di soldati provetti e di vecchi marinai, può prometter forza, virtù, valore, senno, prudenza, ma non mi pare dover sembrare appetitoso e saporoso, neanche agli antropofagi. Dicevo che i messicani pascevan bene que' forestieri: ma con nuovi piatti della loro cucina casareccia; anzi allora fu che per la prima volta palati europei gustarono il cioccolatte. Né senza ripugnanza i nostri appressarono in sul principio quella bevanda bruna alle labbra, appunto come la Fille metastasiana:

Fille, giungi opportuna

Dalla campagna, or, sul mattin. T'assidi

E prendi questa di liquor spumante

Ricolma tazza e bevi. E che? Ritrosa

Sdegni l'invito e la ricusi? Intendo:

Altro umor non conosci

Che quel del rivo e quello

Dall'uve espresso. Ah semplice che sei!

Questo è ben altro che gustar del fonte

O di bionda vendemmia. Odimi, io voglio

Svelarti i pregi e la sostanza; e poi,

Se non ti aggrada, allor fa ciò che vuoi.

Ma appunto, come la Fille metastasiana, quegli avventurieri, gustato ch'ebber la pozione, ne divennero ghiottissimi.

…Ah Fille,

Ti piacque? Lo sorbisti? E non sei quella

Che finor lo sdegnò? Del molle sesso

Questo sempre è il costume. A' nostri voti

Pria si mostra crudel; fugge: ma brama

D'esser raggiunto. Alf in tutto cortese

Scusa il rigor, s'affanna, e langue poi

Che stil si cangia e siam le ninfe noi.

Non eran già de' goffi come il Carpano ne Gl'inganni lodevoli del Fagiuoli, che racconta così a Fidenzio come prima provasse la bevanda indiana (per dirla col Martelli Satirico). «I' credetti d'aver affogare in bere certa robba, ch'io non credea che la si bevisse a quel modo a ciantelli e a spelluzzico e a miccino. Mi recònno un ailberello bianco e turchino, con certa matiera drento di color di noce. Io mi metto a cioncalla. Canchigna! ell'era bollente, ch'ella pelava. La mi scottò la lingua e la mi stortícò tutto lo 'mpalato, fin al fondo dil cocuzzolo della gola. Tirai via quel maladetto ailberello, che mi dissan, che ghi era fatto di quell'erba che sta terra terra. — FIDENZIO Di porcellana? — CARPANO Sie, di coresta. Che diaschin di beiture alla moda! La si chiama, la si chiama... il lastricato. — FIDENZIO Come il lastricato? — CARPANO L'acciottolato, voleo dire; ah ora m'è sovvienuto. — FIDENZIO Il cioccolato ossia il cioccolatte, detto comunemente la cioccolata, bevanda usata da' popoli americani della Novella-Iberia. — CARPANO Sibbene, la scioccolata. E se la gente che vo' dite voi, se la beje per so' consumo, bigna che egghi abbin le budella diacciaee». Io avevo pensato d'introdur qui una curiosa digressione intorno all'uso di questa squisita bibita calda, e mi avevo procacciati all'uopo parecchi libri ed opuscoli: ma ne ho smesso il pensiero per non aver potuto azzeccar finora ned I monumenti storici intorno all'uso del cioccolatte del rigorista Daniele Concina, né la Lode della cioccolatta stampata da G. Avanzini nel MDCCXXVIII. I lettori ringrazino le cattive condizioni delle nostre biblioteche e del commercio muricciolesco o bancherozzereccio in Italia, per cui spesso un libro un po' antico si cerca invano per lunghi anni e s'è costretti a farne di meno, a spesarsene al miglior uopo.

VIII

Il viaggio era lento non possedendo i messicani né cavalli, né muli, né (con reverenza) asini, né sorta alcuna di bestie da soma: i cannoni dovevan trascinarsi a braccio da' bastagi indigeni. Poi si sa, le marcie trionfali sono lentissime, ad ogni villaggetto, ad ogni casale, ad ogni bicocca, complimenti, cerimonie, doni, arringhe, simposi. Indigeni ed indigene correvano incontro a' pretesi Quezzalcoàttidi, inghirlandandoli ed inghirlandandone i cavalli con serti e catene di fiori, che de' fiori infinitamente si dilettava quel popolo e con sommo studio li coltivava: gusto favorito dalla natura nel Messico. In tal guisa, per valli, per monti, per selve impervie, guadando fiumi, rasentando spaventose quebràde, i nostri attraversarono le tre zone celebri del paese, la tierra-caliente e quindi la tierra-templada e finalmente la tierra-fria, non mica però più fredda di Napoli o Roma; e per la gola formata da due cacumi inaccessibili dello ignivomo Popocatepetlo e del nevoso Istacciguatto sboccarono nell'ampia valle e lacustre di Temistano, e fecero lo ingresso solenne nella superba Tescuco, superba per ricchezze, per popolazione, per edifizi e soprattutto pe' teocalli o templi piramidali. Un teocallo è

Scoperto loco, eguale a un alto trono,

Che tutto è scala intorno in quadro aspetto

Largo alla base e verso il sommo stretto.

Su questa cima, ov'è non grande un piano,

Salgono gl'indiani ad uno e a dui,

La mane a salutar lo dio sovrano

E la sera la dea sposa di lui:

Pregando mutamente e d'occhi e mano

Variati facendo atti da cui

Traspar sì chiaro il reverente core

Come fa pesce da tranquillo umore.

Re Nezagualpiglio, contr'ogni regola d'etichetta, mosse incontro agli stranieri; e scese dalla lettiga per inchinare il Borgia. Che volete? Agli occhi di lui e del popol suo quegli stranieri erano enti soprannaturali, semidei per lo manco. Signoreggiavan la folgore: o che altro eran cannoni e schioppi? Risanavan gl'infermi, i moribondi, risuscitavano i trapassati: e come non sarebbe sembrata miracolosa agli ingenui indiani qualche operazion chirurgica o cura medica? Cavalcavano de' mostri criniti che terribilmente nitrivano correndo come il vento. Indossavano usberghi impenetrabili. Il sillogismo era ovvio: «Noi anaguachesi siamo il popolo più colto e potente che sia o che possa essere; ma questi venuti d'oltre mare son dappiù di noi sotto ogni aspetto; superiori agli uomini sono i numi, ergo, questi oltremarini sono numi». Noi incespicheremmo alla prima proposizione: ma per li messicani era articolo di fede. Il Re quindi offerse teste e signorie a tutti quegl'intrusi, a tutta quella feccia di mascalzoni europei, ed al Duca Valentino volea rinunziargli il trono ad ogni patto. Ah perché mai questa idea felice, che spuntava naturalmente sotto al cranio d'un barbaro nel riconoscere il merito superiore di Cesare, perché non era venuta in tempo utile a qualche principe italiano, non meno da meno del Borgia che il Nezagualpiglio? Oh se gli Aragonesi imbecilli avessero avuta la stessa bella ispirazione! oh se avessero abdicato in favore del figliuolo di Alessandro VI, deponendo lo scettro fra mani, la corona sopra fronte che non se li sarebbero lasciati strappare né da grandi capitani né da piccoli: cedendo quel trono che ingloriosamente acculattavano a chi, assisovi, non se ne sarebbe fatto spodestare né dal Re di Spagna né da quel di Francia!... Non avremmo avute le secolari miserie viceregnali, non saremmo scesi al fondo dell'obbrobrio, e da due secoli saremmo una nazione ed uno stato! Ma sì! se qualcuno avesse arrischiato quel suggerimento arcisavio ad un qualunque degli Aragonesi avrebbe finito o come pazzo allo spedale, o come traditore, in carcere.

Ebbene quel divorator di città ch'era il Borgia, quell'uomo che aveva accumulato prodezze, astuzie, e nequizie per formarsi un trono in Italia, ora, potendo agevolmente impossessarsi d'un regno transatlantico più vasto e più ricco di cinque Italie, non volle. Gli è che si è ambiziosi, come innamorati. Non si brama una corona qualunque, anzi la tal corona, non una donna purchessia, anzi la tal donna: si vuole essere deputato, ministro, dittatore, ma nel tale stato, non in altro qualunque. Offrite al Cavour di diventar ministro di Napoleone III: rifiuterà. Offrite a chiunque di noi, oscurissimi, qualunque ufficio in Inghilterra: il sacco-di-lana od il vicereame delle Indie: preferirà l'esser consiglier comunale nel più misero comunello d'Italia. Offrite al Lamarmora il comando di tutti gli eserciti prussiani, vi ringrazierà tanto. La differenza fra l'amante ed il libertino, fra l'ambizioso e lo avventuriere, sta appunto in questa determinatezza del desiderio o dell'ambizione. L'avventuriere ed il libertino subordinano la cosa agognata alla propria soddisfazione: l'ambizioso e lo amante subordinano sé stessi alla idea loro. L'intera vita militano sotto una bandiera, servono uno stato: non mutan patria: non mutano affetti. Cesare Borgia avea desiderata la corona d'Italia: e quella imperiale stessa, in cambio, non lo avrebbe appagato; non quella di Francia; non quelle di Aragona e Castiglia congiunte.

Rifiutò dunque quella di Tescuco.

Chiese di venir presentato alla Ciaciunena. Il padre della Principessa tentò distoglierlo dal proposito, dissuadernelo, rappresentandogli la gravità del pericolo: malgrado reputasse enti soprannaturali que' pretesi Quezzalcoàttidi, temeva di vederli impietrire, lapidificare, statuificare dagli occhi di basilisco della figliuola, e di attirarsi così sul capo qualche grande sciagura e terribile, oltre al violare le leggi della ospitalità. La venuta del Borgia gli pareva un favor del cielo e paventava di demeritarlo. Ma gli fu forza cedere alla espressa volontà dell'ospite e condurlo alla figliuola, che per la maledizione della fata del Popocatepetlo era costretta a dare udienza al buio, o di dietro ad una cortina, innanzi alla quale di solito i visitatori stavan con gli occhi bassi e tremanti e mezzi morti dalla paura e sempre lì lì per iscapparsene. Ma il Duca Valentino alzò la cortina, e volle stringere e baciar la mano alla Principessa, anzi abbracciarla salutandola alla franzese. Era solo con lei, ché nessun indigeno osò seguirlo ed imitarne lo ardimento; neppure la Maestà di Nezagualpiglio in persona, che non aveva mai stretto la figliuola al seno.

Fernando de Alva Ichtlilcocitlo, discendente anche lui dalla regia prosapia di Tescuco, autore di una Storia Cicimeca e di parecchie relazioni manoscritte, in ispagnuolo, i cui elementi son tratti dagli antichi rotoli e ventagli di geroglifici aztechi, ch'e' sapeva deciferare, è il mio principale autore in questa narrazione. Lo credo schietto: ed ha questo vantaggio su molti altri storici, che la mancanza e deficienza di documenti c'impedisce quasi sempre di mostrare che egli ha mentito, anche dove ne sorge in noi il sospetto. Ma non ha il vezzo di metter parlate, arringhe, sermoni, orazioni di testa sua in bocca ai personaggi; e nulla ci dice di quel colloquio a quattr'occhi (no, sbaglio, di quel colloquio ad occhi bendati e senza testimoni) fra il Borgia e la Ciaciunena. Bisogna supporre che il primo ci si fosse preparato da un pezzo e ne aveva avuto tempo ed agio nel Convento di Guadalupa, a Siviglia, navigando il mare, cavalcando per la tierra-caliente, la tierra-templada e la tierra-fria. Come Androgino, nell'Alteria del Cieco d'Adria, doveva aver ragumate e discusse seco medesimo tutte le formole di saluto che possono adoperarsi.

Or con che esordio

Comincierò a parlarle? qual principio

Sarà il mio? che saluto al primo giungere?

Io le dirò: «buon giorno, bella giovane».

No: quel «buon giorno», ha troppo del meccanico.

È meglio dir: «Signora mia dolcissima,

Dio vi contenti, come state?». Cancaro!

No, no: parrebbe a lei ch'io fossi medico.

Io le dirò: «Bella fanciulla baciovi

La mano» e avrà del tosco. Ma no, diavolo!

Questo «bacio la mano», i toschi l'usano

Nel partirsi d'alcun, nel tor licenzia.

S'io le dicessi: «Dio vi salvi e siate la

Ben trovata, madonna; io son qui in anima

E in corpo pronto per farvi servizii?».

Questo non mi dispiace: solo quel «ben vi

Venga», è da contadin; fora più orrevole:

«Il ciel vi aiuti, diva». Eh no! che diavolo

Le direi poi se sternutasse?... «Il ciel vi

Aiuti» è proprio di quei che sternutano.

Che le dirò? Io le dirò... Orsù il tempo mi

Governerà e Amore che 'n sua grazia

Mi ha posto, mi darà tanta eloquenzia

E prontezza di dir, che senza dubbio

Le sarà questo giorno oggi gratissimo

E la mia andata gioconda.

Per la prima volta in vita sua la Ciaciunena si vide ricevuta e corteggiata e strinse una mano amica ed ascoltò parole, non pavide e smozzicate, anzi carezzevoli e lusinghiere. Fino allora aveva avuto d'intorno solo timidi mercenari, cansata del resto da coloro stessi che la invocavano per pietrificare i cadaveri della parentela. Se Cesare era parso un Iddio a que' popoli, parve alla Principessa più che Iddio; e qual meraviglia? se per tale passa ogni mascalzone appo la giovinetta di cui primo fa battere il cuore, come non doveva sembrar tale alla Ciaciunena quel miracoloso straniero, che senza paura e senza sospetto, veniva a mitigar la sua miseria ed a rivelarle il mondo degli affetti?

Vedi effetti dello amore. Il Duca era uomo di mondo e provetto, sapeva con quali arti ricercare il cuore d'una fanciulla; e poi con la Ciaciunena non ci voleva grande arte. La più ingenua novizia del più severo convento, sarebbe stata una scaltrita, appetto a lei. Bastò una parola del Borgia perché ella fosse vinta, perché gli desse tutto il cuor suo. L'assetato gradisce qualunque bevanda.

…Quand l'âme a soif, il faut qu'elle se désaltère

Fût-ce avec du poison...

La Principessa era nel fior della gioventù, consumata dal bisogno di amare, infelicissima per la solitudine cui si vedea condannata e dalla quale non avea speranza di mai redimersi. Il sapersi aborrita e schivata, il dovere schivar gli altri per non nuocere; la sua condizione miserrima e singolare, le costava grandi lacrime. Come non ammirare l'uomo che annunziava la fine di tanta miseria, che prometteva gioie le quali compenserebbero lo squallore passato? Chi non avrebbe stimato messo del cielo, anzi Messia, il misterioso transatlantico che aveva traversato lo immenso oceano, com'egli diceva, sol per amore della Ciaciunena?

Ed il Borgia fece alla donna, in quel primo incontro, un regalo, onde mai non venne fatto il più prezioso ad alcuna donna del mondo: una mezza maschera di velluto, nella quale i buchi per gli occhi eran coperti da vetri colorati. Il Borgia aveva un magnifico cane, carissimo a lui, che gli era stato donato a Toledo e che gli avea tenuto compagnia nella cella a Guadalupe e poi nel viaggio. Ma con la sua nessuna misericordia, quando si trattava di raggiungere uno scopo, volle che la Ciaciunena, curiosa di conoscere quella bestia europea, facesse la prova sul povero Toledo dell'efficacia de' vetri colorati nel togliere il veleno sassificativo a' suoi occhi. Toledo venne alla chiamata del padrone, mise le zampe nel grembo della Ciaciunena, che lo sforzò a guardarla fiso, tenendogli il capo con ambo le mani. Ma gli occhiali rendevano innocuo lo sguardo; e Toledo dopo aver baciate, lambite, leccate le mani della Principessa ed esserne stato ricolmo di carezze, se n'andò incolume. Allora il Duca, presa sotto al braccio la Nezagualpiglide, sollevò la cortina e la mostrò a' suoi seguaci ed al popolo messicano, che dapprima non seppe frenare un lungo grido d'orrore e terrore; ma poi proruppe in nuovi applausi, vedendo che il pseudo-quezzalcoàttide aveva pur saputo riparare ai mal'occhio della Ciaciunena. Egli la condusse fra le braccia dei padre, che mal si assicurava in sulle prime di accarezzarla. E così, con quella maschera, le assicurò il godimento delle gioie domestiche e de' piaceri che le offriva il suo grado, non mai prima assaporati. Poté uscire, veder gente, accogliere omaggi, assistere agli spettacoli, intervenire a' conviti. Ebbe ciò di cui la mala fata l'avea defraudata dall'infanzia. Come avrebbe potuto non adorare il suo benefattore? Qual donna ebbe mai tanto obligo di gratitudine verso un uomo? Neppure la Cenerentola verso il figliuolo di Re che la impalmò, ned il paralitico verso Cristo che 'l guarì.

La repubblica di Tlascala avea dichiarato guerra al Re di Tescuco: cosa volete? le stie eran vuote e c'era bisogno di far prigionieri per riempirle ed ingrassarli e sacrificarli quindi a Guizzilopòccili, e flagellar co' loro cuori fumanti le guance dell'idolo, e mangiarne le carni dottamente, apicianamente cucinate. Il Borgia accompagnò Nezagualpiglio fino alla vallèa di Otumba, a' confini della repubblica, dove si venne a giornata. Gli europei decisero le sorti della battaglia. L'artiglieria e la cavalleria incussero tale spavento nelle forze de' repubblicani, ch'e' se la diedero a gambe alla prima scarica delle bocche da fuoco ed alla prima carica del piccolo squadrone. Non c'era mai stata tanta concordia ne' consigli de' tlasclani, quanta ce ne fu nella condotta sul terreno: e mostrarono in questo mente politica, non essendovi il peggio de' dissensi nelle operazioni di guerra: l'union fait la force. Come i topi de' Paralipomeni alla Batracomiomachia:

Fuggirian, credo ancor, se i fuggitivi

Tanto tempo il fuggir serbasse vivi.

Non ci fu uno che discrepasse, uno che disapprovasse la fuga o vi si opponesse! Generali, ufficiali, gregari, nobili, plebei, senatori e privati, tutti correvano, correvano, correvano; né ristettero finché non fur giunti a Tiascala e ben chiusi e tappati. Bandiere, armi, piumaggi, munizioni, vettovaglie (tacendo dell'onor militare e della potenza della loro democrazia), tutto lasciarono ed abbandonarono nella valle d'Otumba, e tra le vettovaglie debbo comprendere un buon numero di essi repubblicani, che fatti prigionieri, venivan destinati a placare i numi e saziare i vincitori. I quali, deridendoli per quel timor panico e danzando loro selvaggiamente intorno, cantavano inni di scherno, come per esempio:

Qui v'uccidremo anzi che notte vegna

E pasco vi farem de' nostri denti.

Ancorché tanto onor si disconvegna

Alla vil carne di sì infami genti.

Che d'esser trangugiata è solo degna

Dalle fere marine e dai serpenti,

O lasciata marcir sopra la sabbia

Perché poscia i suoi vermi a pascer abbia.

La unanimità continuò la dimane ne' tlascalesi; ed anche in questo mostraron que' repubblicani acume politico, non dovendo mai un popolo rimaner discorde nelle sconfitte. Onde alla unanimità venne deliberato di mandare un'ambasciata al Borgia ed al Re di Tescuco e d'implorar pace e misericordia e di accettarla ad ogni patto, offrendo vassallaggio, tributi, ed anche una greggia de' più grassi tlascalesi per le feste annue di Guizzilopòccili.

Né l'impressione di superstizioso terrore fu scarsa in Nezagualpiglio istesso. Rinnovò con pertinacia la offerta del suo trono al Duca. E persistendo il Borgia nel gran rifiuto, dichiarò di ritener da lui la corona, di considerarlo come il vero signore del paese, che amministrerebbe in nome e per conto di lui. Comandasse, spadroneggiasse a suo talento, disponesse di tutto, pigliasse quel che gli aggradiva. Cesare lo colse in parola e gli domandò la figliuola.

«Mia figlia? La Ciaciunena? Ma pensa...

«Ho pensato».

«Ma il pericolo...».

«Nol temo».

«Ma che vita di sospetti e sconsolata!...».

«Cui deve premere più che a me il bene mio?».

«Ci ho proprio scrupolo...».

«Insomma, vuoi darmela, sì o no?».

«La vuoi? e tu pigliatela e sciroppatela!» sclamò finalmente Re Nezagualpiglio, il quale al postutto non era scontento, come ogni babbo, di levarsi quel cocomero di casa (direbbe il padre Cesari) sebbene accampasse difficoltà per isdebito di coscienza. Abbrevio: gli sponsali vennero celebrati splendidissimi, figurandovi la Ciaciunena con una maschera di velluto ed occhiali verdi. E non fu il primo sposalizio che non si sarebbe potuto conchiudere se la fanciulla non larvasse il volto. Anche il più i seguaci del Borgia impalmarono giovani ereditiere e belle del paese, diventando signoroni e feudatari, mercè quella poca effusion di sangue... tlasclano. E s'acconciarono ad ogni costume del paese, salvo che all'antropofagia, bestial scostume, efferità, che a noi sembra inconcepibile con la civiltà non poca, e con le gentili usanze e miti di quel popolo in tutto il resto. E si meravigliavano vedendo la ripugnanza de' nostri e sentendo da loro che non pappavano i nemici né crudi, né cotti, né allessi, ned arrosti, ned alla genovese, ned in modo alcuno insomma: ed assicuravan loro quella carne muovere appetito ed essere di meraviglioso sapore; e la lodavano come cibo soave e delicato. Stupivano al vederli aborrir più dal cannibalismo che dagli omicidi, né si persuadevano della giustezza di quel motto di sant'Agostino: Multo peiores sunt ac detestandi qui in corpora mortuorum inseviunt, tamquam in viventium, nam defunctorum cadavera veluti sacrosanta censentur. Se avessero avute le cognizioni del Birton, volteriano, avrebber probabilmente aggiunto come lui, «che l'usanza di mettere il prossimo nella pentola od allo spiedo era antichissima e naturalissima, sendosi trovata stabilita in ambo gli emisferi; che per conseguenza rimaneva dimostro l'antropofagia essere una idea innata; che s'era andato a caccia d'uomini prima che a caccia d'animali, perché l'uccider un uomo torna più facile dell'uccidere un lupo; che se i giudei, nei loro libri lunga pezza ignoti, immaginarono che il nominato Caino ammazzò un certo Abele, potette essere solo per papparselo, che i giudei stessi convengono rotondamente d'essersi alimentati parecchie volte di carne umana, e che, secondo i migliori scrittori, il popolo di Dio divorarono le membra cruente de' romani che assassinarono in Egitto, in Cipro, in Asia, insorgendo contro gl'Imperadori Traiano ed Adriano». Ma i tescucani non potevano isfoggiar tanta erudizione. Che volete? Eran barbari! E non ci fu tra tutti i seguaci del Borgia chi non istimasse di aver fatti migliori affari del capitano, considerando che non correva rischio di rimaner petrefatto nel bel mezzo d'un amplesso coniugale. Con una moglie che ha quella virtù petrificativa, un povero marito, 'gna che ari dritto e non può permettersi una licenza, uno scappuccio. Sennò: «Bada, ch'io mi smaschero! Se prosegui, mi disocchialo!». Ed uno che sospetti della consorte, che le faccia de' rimproveri, non può neppure guardarla in faccia, o dirle: «Alza gli occhi!» per argomentare dal rossor di quella e dalla espressione di questi alcunché.

IX

La Ciaciunena, lei, felicissima! ché amava appassionatamente il suo Borgia, con isvisceratezza. Affetto simile non fu mai provato da alcun'altra. Riconoscenza, ammirazione, rispetto, lo invigorivano, afforzavano, corroboravano ogni giorno più. Per lei, c'era lui, e poi nulla e nessuno. Molti han fatto grandi cose per possedere una donna, ma nessuno mai si è esposto a tali rischi ogni volta che avvicinava la diletta; perché nessuno trovò mai negli sguardi stessi di basilisco della diletta il pericolo maggiore che immaginar si possa. La Borgia sapeva apprezzare il marito, valutarne la devozione.

Fatata com'era, bellissima delle membra, ottima di cuore, vivace d'ingegno, riboccante di spirito, magnanima, e con quella virtù soprannaturale d'ispirare affetto, che malgrado l'orrendo poter degli occhi, non l'avea fatta abbominare né da' genitori né da' sudditi; fu riamata di quasi pari amore dal Valentino. Sicuro, un vero amore e gentile si aprì per la prima volta un adito a quel petto di bronzo, e vi si congiunse con l'ambizione, contemperandola e quasi sopraffacendola. Tanto è vero, come poi disse 'l Bernia,

Che 'l pazzo e 'l savio è da le donne giunto.

La ministra, lo strumento delle acute voluttà presenti doveva esser pure ministra e strumento della gloria futura. L'amò, la stimò; ebbe in lei un'amante docile ed un amico austero. Le aprì tutto l'animo suo. Le manifestò la vita passata, senza mistero alcuno, senza reticenza, senza attenuazioni, senza orpello. Né temeva d'alienarsela: una donna innamorata è sempre pronta a dar ragione al suo vago, e la Ciaciunena aveva tale ingegno da comprendere che non si fanno frittate senza romper uova e non si fondano imperi senza delitti e machiavellismo: perché? — Ricordatevi il monito ch'è nel Principe: «Chi diviene padrone di una città consueta a vivere libera e non la disfaccia, aspetti di essere disfatto da quella, perché sempre ha per rifugio nella ribellione il nome della libertà e gli ordini antichi suoi, li quali, né per lunghezza di tempo, né per benefici, mai si scordano; e per cosa che si faccia o si provvegga, se non si disuniscono o dissipano gli abitatori, non si dimentica quel nome, né quelli ordini, ma subito in ogni accidente vi si ricorre». Pensate a quel che diceva Vincenzio Giusti da Udine nella sua Irene:

È legge di regnar scritta ne' cuori

A stabilir più gli acquistati imperi

D'estirpar ben d'intorno ogni rampollo,

Onde nascer potesse ombra al Re novo

Che nocesse al suo stato un dì crescendo.

Poi, tra gli antropofagi messicani gli atti politici del Duca non dovevan sembrar tanto riprensibili quanto parvero agli europei per due ragioni potissime: prima, ch'egli non riuscì ne' suoi intenti; secondo, ch'e' confessava le opere sue a fronte alzata offendendo la nostra ipocrisia; giacché, al postutto, salvo alcuni particolari ed alcune forme, s'è praticato da tutti come da lui ned altrimenti si praticherà:

…In fin che il sole

Risplenderà sulle sciagure umane.

Ma «gli uomini» come scrive san Nicolò Machiavelli «pigliano certe vie del mezzo, che sono dannosissime... Non sanno essere onorevolmente tristi o perfettamente buoni, e come una tristizia ha in sé grandezza o è in alcuna parte generosa non vi sanno entrare».

Il Duca le rivelò del pari le sue intenzioni, gli schemi, i disegni, i progetti che lo avevan condotto laggiù; quanto sperava da lei; come desiderasse condurla seco rimpatriando; e servirsi della virtù lapidificativa di lei, come d'ipomoclio per ismuovere il mondo e crearsi un regno nella Italia, appunto come aveva fatto un tempo della posizione del padre. Dipinse con tali splendidi colori alla Ciaciunena l'ufficio di Gorgona cui la destinava, ch'ella s'invanì di tal parte. Felice nel pensiero che potrebbe servire, favorire, giovare, esaltare il suo Cesare, benediceva mille volte al giorno la maledizione della fata del Popocatepetlo, la quale avea indotto il Duca a muoversi dallo estremo Oriente con tanto rischio, per venire in cerca di lei, per farle conoscere le dolcezze di un degno amore. Gli promise di seguirlo, di accompagnarlo fedelmente dovunque; di obbedirgli, checché comandasse; di adoperarsi per appagarne l'ambizione. Avrebbe voluto imbarcarsi la dimane; ed essa tanto mite e misericordiosa, si compiaceva solo nel fantasticare la parte orribile che dovrebbe poi rappresentare nelle guerre italiane; gli eserciti interi sassificati ad un suo volger di ciglio; ed esultava pensando al terrore, allo sgomento, al raccapriccio che susciterebbe. E si noti, tutto questo per mera gentilezza d'animo, per quel puro affetto posto nel Borgia, per dovere coniugale: bizzarrie del cuore umano!

«E quando vuoi partire?»

«Partiremo, non dubitare. Ho dato ordine che si riatti la men guasta delle tre navi con cui venni. Quando sarà allestita, vedremo quali de' miei vecchi compagni voglian rimpatriare; provvederemo oro e vettovaglie; stabiliremo tutto. Non c'è fretta, non c'è fretta...».

«Vedi, Cesare, io vivo qui sempre turbata. Ho una paura, una paura da non dirsi, di perdere questa virtù che mi ti rende preziosa; e forse allora non sarei più in grado di servirti e mi ameresti meno».

«No, Ciaciunena mia; no, questo mai. T'amerei lo stesso sempre; più ancora, s'è possibile, potendomi inebbriare de' tuoi sguardi...».

«Ma io, non amerei più me stessa. Io mi odierei se non ti potessi più giovare e conquistarti quella Italia, che dici tanto bella. Io ne morrei di crepacuore, se perdessi questa facoltà preziosa, io. Dunque dovresti deporre l'ambizion tua? dunque saresti venuto inutilmente sin qui con tanto rischio?...».

«Inutilmente, quand'ho te!».

«No, vedi! Se sapessi! Ho bisogno di accertarmi continuamente di non aver perduta la mia fatagione. L'altrieri petrificai un branco di tacchini. Ieri andai in cucina e sassificai tutto il pesce venuto dal mare per le poste...». Le poste di bastagi, o tamani che c'erano al Messico allora. «Stamane non ho saputo resistere alla tentazione ed ho lapidificato il cavallo d'uno de' tuoi seguaci... Gliene regaleremo un altro migliore in Italia. Io non so come mi trattenga dall'andar passeggiando senza maschera ed occhiali... per vedere e pregustare...».

Fatto sta che il Duca non avea più tanta fretta di rivarcar lo Atlantico. Se mi chiedete «Perché?» vi rispondo: «Amava». Amor curioso, certo, che se fosse stato poeta, gli avrebbe suggerito più di tre secoli prima quel distico del Leopardi:

Vaga beltà, che amore

50

Talor m'inspiri nascondendo il viso,

ma vero amore e potente, il quale lo rendeva noncurante d'ogni altra cosa, degli ambiziosi disegni d'impero e persino degli schemi di vendetta. Le gioie somme dello affetto corrisposto gli occupavan tutto l'animo, tutta la mente, non lasciando varco ad altra cura, ad altro pensiero. Era tanto felice lì, tanto! La vita gli scorreva placida, lieta, incontaminata: e s'appagava di quell'ozio delizioso. Quali onori, quali allori, quali vittorie, quali trionfi valevano i soavi colloqui della sua donna ed i baci dolcissimi di lei?

Che non credo che incanto sia maggiore

Che a bocca aperta un bel bacio d'amore.

E poi, in fin de' conti, il tener mezz'America senza contrasto, poteva sembrar preferibile al rischioso conquisto e problematico della Italia. La gloria d'incivilire il Messico era grande quanto quella di unificar la penisola nostra, e più facile a chi veniva tenuto e stimato un Dio laggiù. Non rinunziava alle antiche idee; ma gli giovava procrastinar la impresa. Che tempesta al suo riapparir nel vecchio mondo! Sissignori, era deliberato ad affrontarla; ricomincerebbe ad imperversare peggio di prima; sterminerebbe, distruggerebbe, si vendicherebbe; ma prima volea riposarsi alquanto, ed assaporar lungamente tutte le gioie che la fortuna gli profferiva. Quando nelle braccia della sua Ciaciunena, o seduto a' piedi di lei, ragionava delle gesta che compirebbe, sentiva che, quand'anche gli avessero a riuscir tutte felicemente, era più bello e gli procacciava maggior soddisfazione il semplice fantasticarle così.

Certo le sue voluttà americane non erano senza mistura di amarezza. Non averla mai vista in volto, non poterla abbracciare, conversar con lei o mascherata o nelle tenebre, era un tormento crudele. Taccio del pericolo continuo, che invece di svogliarlo, accendeva maggiormente il Valentino, nobilitando l'amor suo, facendone un'audacia senza pari, degna di lui, amator d'ogni rischio, cimentator della vita propria; facendone una cosa strana, singolare, unica, al mondo sola. Pur desiderava veder la moglie almeno una volta; giudicare se i lineamenti del volto rispondevano alla bellezza del resto. Pensò di vagheggiarla nello specchio: ma gli esperimenti che vennero fatti sugli animali provarono che anche il riflesso, la specchiatura dello sguardo della Ciaciunena avevano virtù lapidificativa: sembra che lo specchio il ripercotesse con intensità indiminuita, come fa di raggi del sole. Con lo andare del tempo il desiderio e la curiosità del Borgia divennero così strapotenti che deliberò soddisfarsi ad ogni costo, a qualunque rischio. La vecchia storia di Amore e Psiche alla rovescia! Non disse nulla alla donna; anzi manifestò la risoluzione presa ad un vecchio medico-farmacista che avea seco ed il cui aiuto gli era necessario. Questi non si piegò senza contrasto ad appagarlo. Ma sì; ebbe bel ripetergli con infinite varianti ed amplificazioni:

Forsennato amator! Forse non sai,

Ch'è meta il pentimento a' gran desiri?

Il Duca con non meno infinite variazioni e magnificazioni gli rispondeva:

Veri sono i tuoi detti e i miei perigli:

Ma lieve è quella voglia

Che il ricever consiglio altrui non toglia.

E convenne che alla perfine il fisico gli obbedisse e gli apprestasse un sonnifero. Il Duca pensava di amministrarne alcune stille alla moglie; e quando poscia il sonno avesse potentemente chiuse sugli occhi nefasti, anzi asserragliate le palpebre, lui avrebbe rimossa la maschera di velluto e finalmente fatti paghi gli occhi del suo aspetto. Anzi meditava di chiamare alcun pittore che poi gliela ritraesse con lo accorgimento stesso: avendone quindi sempre così la immagine davanti, gli parrebbe men duro il non poter contemplar di continuo l'originale.

Le propinò dunque il narcotico, senza dirgliene nulla, a colezione. Operò senza indugio. La Ciaciunena a sbadigliare; a dire: «O che sonno insolito! e che vuoi dire? Gua' io non ci resisto. Mi vo a buttar sul letto per una mezz'ora» ed a ritirarsi in camera. Ebbe appena il tempo di spogliarsi e di cacciarsi fra le lenzuola, prima di cadere in un letargo profondo. Poco dopo il marito la seguì col cuore tremante, ma non dubitoso. La bella dormiente giaceva in letto, mascherata, come sempre. Il Borgia la chiamò replicatamente a gran voce, e non gli rispose; la scosse, senza che si espergefacesse. Allora, con mano incerta, come quella del soldato che accende la miccia, né sa d'aver tempo per fuggire prima che la mina scoppi, sciolse la maschera invidiosa, la rimosse e poté finalmente veder la faccia dell'amata.

Era pur bella! Già, le fatagioni! Bella oltre ogni dire parve al Valentino, che pur di belle donne se ne intendeva e ne avea passate tante a rassegna. Non avea mirato un volto così leggiadro neppure in Capua. La stessa sorella Lucrezia non aveva lineamenti così perfetti, tanta freschezza e splendore di carnagione, un naso profilato come quello della Nezagualpiglide; quella fronte, quelle sopracciglia, quelle ciglia lunghe, folte; quelle tumide labbra e coralline, que' denti... Rimase inebbriato, affascinato, fuor di sé. Non poté Cesare contemplar quelle guance, quella bocca, quelle palpebre che coprivano i tremendi occhi della donna, senz'appressarvi cupidamente le labbra. E prima v'impresse baci leggieri, sfiorando appena tante bellezze; poi infervorandosi, riscaldandosi, accendendosi inconsciamente, senza riflettere, senz'alcuna precauzione o prudenza, la copriva, la tempestava di carezze. Ed o fosse troppo leggiera la dose del farmaco, od eccedesse impetuosamente ne' baci e negli abbracciari; o pel tempo trascorso naturalmente cessasse il sonno; la Principessa soavemente ridesta, sospirando, rivolse gli occhi all'amico, senza sapere d'essere smascherata. I due sguardi s'incontrarono, per la prima ed ultima volta; e vinto dalla fatal virtù della Ciaciunena, Cesare Borgia, Duca Valentino, impietrì di botto.

X

Chi descriverà lo spavento e lo sgomento della miserrima, com'ella s'accorse del misfatto involontario? Balzando seminuda dal giaciglio ed abbracciando le sembianze lapidee del marito, mise grida e strida che sconvolsero la reggia. Chiamava: «Accorr'uomo! Gente, gente! Aiuto! Soccorso! Medici!» dimenticando non esserci rimedio o riparo alcuno; né succhi d'erba, ned unzioni, frizioni e linimenti di qualsiasi genere poter disciogliere quella rigidezza, riumanar quella statua. E sì che avrebbe voluto spietrarla ad ogni costo, e pensava con meno eleganza e mitologia, ma con sincerità maggiore, press'a poco come uno accademico stravagante di Creti:

Se potess'io donarti,

Bella imagin gradita

Qual di Iapeto il figlio anima e vita;

Per veder vivo e sciolto

Da la dura corteccia un sì bel volto,

Non curarei veder in me vermiglio

D'aquila ingorda il dispietato artiglio.

Gli schiavi od i famigliari e le dame accorse alle urla ed al pianto prima ch'ella si accorgesse di star col volto discoperto e pensasse a rimmascherarsi, eccoli rimaner di sasso alla rinfusa ed ingombrar assiepati la camera; e chiuderne quasi lo ingresso. La sciagurata, smarriti i sensi pel gran cordoglio, trascurando le precauzioni abituali, impietriva i suoi più cari involontariamente: le damigelle predilette; i gentiluomini più fidati; le schiave che da tant'anni l'attendevano; Toledo, il cane del Duca Valentino, che accorse abbaiando; i pappagalli che squittivano schiamazzando sulle grucce loro... Solo il prudente medico che avea somministrato il beveraggio, sospettando lo avvenuto, non si azzardò nel talamo regio. Finalmente all'udir la voce del padre, del Re Nezagualpiglio, che traeva al piagnisteo, chiedendo cosa mai fosse, la povera vedova, rientrando in sé, accorgendosi di tutto il guaio ed il guasto, ricoprì, rilarvò la faccia, ché paventava di aggiungere anche un parricidio a tanti orrori.

Si chiamarono bastagi che portasser via tutte le statue fabbricate in un batter d'occhi dalla Principessa, per allontanarne uno spettacolo che ne esacerbava la disperazione. Ma essa non sofferse che si rimovesse quella del Borgia. Gentildonne, serve, il padre istesso cominciarono a dirle quantunque si suol dire per consolar gli afflitti: parole efficaci solo nei dolori superficiali, ma che incipigniscono le anime naverate profondamente. La Ciaciunena cercava di frenare le espressioni del suo cordoglio anzi crepacuore. Cercava di chiudere in sé l'angoscia sua: comprendeva che non troverebbe conforto in cosa alcuna, mai. Ben dice un contemporaneo: «La fame si sazia, la gioia si sazia, il lavoro si stanca, il pensiero riposa, dorme l'ambizione, dorme l'avarizia, dorme il genio; ma il dolore non dorme, non posa, non si sazia di sé stesso; ma come la fenice della favola antica, si rinnovella dalle proprie ceneri; e quando i nervi non bastano più a tanto tormento, il dolore cambia di forma e rimane più crudele e sempre nuova la tortura. Dopo l'ira che morde, sento lo strazio che mi adunghia; dopo lo strazio, la disperazione; dopo la disperazione, l'amarezza; dopo l'amarezza lo sconforto; e poi di nuovo lo strazio e la tortura, il vampiro che mi sugge il sangue dal cuore, lo sgomento di un sogno spaventoso; e sempre un abisso di dolore senza fondo senza confini, nero, eterno, gelato, inesorabile». Indarno Re Nezagualpiglio, cercò ne' giorni seguenti, con feste, conviti, spettacoli, svaghi e che so io, convocando acrobati, funamboli, giuocatori di bussolotti e buffoni e nani di mitigar quella cupa afflizione della figliuola. Ella era ormai indifferente a tutto:

Parian tante delizie, onde l'adesca.

Ogni altro (eccetto lei) rendere allegro.

Ma quell'uomo in cui grave ognor più cresca

La febre ria, che 'l tiene afflitto et egro,

Non perché giaccia in molle piuma e fresca

Sente all'interno ardor ristoro integro.

Ahimé, ogn'istante le faceva sentir più acutamente la gravità ed irreparabilità della perdita sostenuta: ogni momento le accresceva il rimorso; ogn'attimo capiva meglio quanto fosse stata terribile quella maledizione della fata del Popocatepetlo, maledizione di cui poco prima era quasi lieta. Chi l'avrebbe più amata? e certo non amerebbe più. Tutto, tutto, era finito per lei. Per lei, non c'era più mondo. Sperar gioia alcuna, sperar pace almeno o tregua al dolore, sarebbe stata demenza. Ed avrebbe disprezzata sé stessa, se avesse potuto credersi capace di consolazione. E quando ripensava le belle lusinghe anteriori; le grandi imprese vagheggiate e disegnate; le glorie ed i trionfi che si riprometteva dal viaggio in Italia! Come rassegnarsi al tenor di vita anteriore alla venuta del Borgia, anteriore al matrimonio; alla solitudine tetra d'un tempo; dopo concepite tali idee e sperimentata tanta dolcezza? Oh ebbrezze di amore, come vivere senza di voi? come sopravvivervi? Se le fosse almeno rimasto un figliuoletto! se almeno fosse rimasta incinta! Avrebbe rinconcentrato sulla creaturina, sul nascituro tutta la sua virtù di affetto. Ma no, no: nulla avanzava, tranne il ricordo funesto della felicità perduta irreparabilmente; tranne il rammarico di veder falliti i concetti grandiosi del consorte. Riandar di continuo con la mente le confidenze del Borgia, ricordarne le intenzioni, rappresentarsene i proposti, ecco la continua occupazione e solissima di lei.

A poco a poco le si radicò in capo il proponimento di compiere almeno in parte i divisamenti del l'estinto, di parzialmente vendicarlo almeno. Il nome che gli avea sentito proferire con odio più cupo, con avversione più concentrata, era quello del successore di Alessandro VI nella sede pontificia, il nome di Giulio II. Difatti l'esaltazione di Giuliano Della Rovere avea rovinato il Borgia, che dal breve papato di Pio III, non fu tanto danneggiato. Ebbene, alla Ciaciunena venne in pensiero di recarsi a Roma, e di presentarsi al papa e di petrificarlo, lui e tutti i porporati nemici del Borgia. Il perdono delle offese non è virtù (dato e non concesso che sia virtù) naturale all'uomo; né veniva inculcata dalla educazione messicana; ned il Duca Valentino l'aveva lodata od inoculata all'amante. Veramente la Ciaciunena pensava: «Se Giulio II non avesse avversato il Borgia, questi sarebbe stato principe o re nella Italia e non sarebbe stato sbalestrato sin qui ad impietrirsi fra le mie braccia»; e non rifletteva che senza l'odio del Della Rovere ella non avrebbe pur mai conosciuto il suo diletto, né provata quella felicità breve sì ma grandissima. Si credeva quasi in obbligo di far le vendette del muto sasso che le stava sempre dinanzi; e di compensare così in certo modo, per quanto era in lei, il male non intenzionalmente fatto. Le pareva che l'eseguire ciò che il Valentino ideava sarebbe quasi un'ammenda del coniugicidio. Ned in tutto a torto. Ciò che costituisce l'uomo, ciò che davvero è l'uomo, sono i suoi pensieri, la volontà sua, i suoi concetti, i suoi propositi, i divisamenti, le intenzioni, lo scopo. Quando si realizzano i pensieri, quando la volontà si compie, quando i concetti si concretano, quando i propositi si traducono in atti, quando i divisamenti si estrinsecano nel fatto, quando le intenzioni divengono opera o risultato, quando lo scopo si raggiunge; che importa, che preme, che monta, che vale, che vuol dire se la vita non dura, se si scompagna quel precario impasto di idrogeno, ossigeno, azoto, carbonio, fosforo e che so io, ch'è mero fulcro, sustrato, sostegno del pensiero? Ecco!

La Ciaciunena chiamò a sé il medico giudeo, onde sapeva potersi fidare, come del secreto confidente del trapassato; e gli manifestò la idea sua, la sua risoluzione. Studiarono e stabilirono il da fare. Furono convocati alquanti de' seguaci del Borgia e la Principessa disse loro che dolente, inconsolabile della colpa commessa, non sapendosene dar pace, credendosi ossessa, perché il solo demonio poteva attribuire ad un organo umano quello strano potere, pensava recarsi in Europa per farsi esorcizzare e battezzare dal santo Padre in persona e far poscia penitenza delle sue peccata. Intendeva quindi imbarcarsi e traversar lo Atlantico. Se c'era chi volesse accompagnarla, si preparasse al viaggio. Degli avventurieri venuti col Borgia, parecchi eran morti: quel clima già non è propizio agli europei. Molti s'erano, come dicemmo, accasati, ed eran signoroni e padrifamiglia ed

…inviliti

Tra gli affetti di padre e di marito;

e non provavano desiderio alcuno di lasciar gli agi ed i cari loro. Pure se ne racimolò una trentina, che o per desiderio della patria; o per irrequietezza naturale; o che le cose loro non fossero andate tanto bene; o che stimassero potere star meglio in Europa con le ricchezze accumulate; o che volessero, come Belfagor, fuggire dalle mogli ad ogni patto: deliberarono scortar la Principessa. Re Nezagualpiglio, il quale, dopo la morte del Borgia, provava una paura matta della figliuola e capiva non esser la più bella cosa del mondo lo aver per casa una tigre addomesticata; ed il popolo tescuano, che detestavano ed esecravano la coniugicida involontaria (ma cosa documentava la involontarietà del misfatto?) e che si aspettavano un gran castigo celeste per lo impietrimento di quello straniero d'origine quezzalcoattesca divina: videro con piacere la dipartita della rea, ed augurarono che l'ira celeste pel quezzalcoatticidio potesse ricader tutta su di lei sola. La nave, che il Borgia stava facendo riattare, come dissi, fu prontamente allestita; vi si accumularono, accatastarono vettovaglie e ricchezze; e finalmente vi s'imbarcarono la Ciaciunena, il medico ebreo, una trentina de' seguaci del Borgia e forse altrettanti indiani ed indiane. La comitiva salpò con un buon vento e favorevole, per la stessa rotta tenuta dal Borgia nel venire. Costeggiarono il Messico, la provincia di Tabasco e lo Yucat fino all'isola di Cozumel; attraversaron quindi il mar delle Antille a golfo lanciato fino ad una di quelle isole in cui rilasciarono e feciono acqua. Proseguiron per l'Atlantico; ma il viaggio non fu felice, né piacevole!

Del ciel, che minacciando, ancor aggiunge

All'umide armi sue fragori e lampi,

Sembra il mar vendicarsi; e irato giunge

Con monti d'acque in su gli eterei campi.

Sue rovine il Nocchier mira non lunge;

Né scorgendo egli via, come indi scampi,

La sua morta speranza, ei scopre al ciglio,

Onde in lui leggon gli altri il lor periglio.

In altri termini quella tempesta che deplorai non aver travagliato il Borgia, quando e' veleggiava verso le Indie, tormentò ora e mise in pericolo la vedova. Sicché potrei sbizzarrirmi adesso a descriverla. Ma sarebbe contr'ogni buona regola, contr'ogni accortezza nella composizione: allorché gli avvenimenti convergono alla catastrofe, non t'hai a perdere in digressioni, descrizioni, episodi, incidenti, particolari. La parte drammatica debbe prevaler sempre in fine d'un racconto, ché il leggitore stanco vuol finire e sbrigarsela, ed ogni indugio il tedia.

Si fermarono appena a Cadice que' navigatori per riparare a qualche guasto del bastimento e provvedersi di vettovaglie e d'acqua. La Ciaciunena non isbarcò neppure: non poté quindi vedervi il quadro, di cui Biagio Valentino nel narrar le sue disgrazie:

Nc'era 'na gatta, che 'mposta lo sorece;

Lo mutto sotto, e chesto volea dicere:

«No'nce vonno né zie e né pariente,

Si t'haggio int'a 'ste granfie o 'ntra 'sti diente».

Ma questo motto era l'espressione de' sentimenti della feroce americana verso il pontefice. «Ch'io l'aggiunga, ch'io l'aggranfi e vedremo! E ci hai da capitare sott'a' miei denti; e non puoi sfuggirmi». Ben qualche volta le balenava il pensiero che ogni Medusa finisce per trovare un Perseo che la decapita, la decolla, le fa testa, le mozza il capo. Ma il pensiero non la sbigottiva. «Si capisce. È naturale. Così dev'essere». Consentiva senza saperlo col siciliano, che dice: Pi' livari un occhiu a lu me nimicu, mi ni levu dui a mia. Morire è niente, quando si muore dopo aver soddisfatta o nel soddisfare la passione dominante. Era della tempra la Ciaciunena di quel napolitano, onde Luigi Guicciardini narra, che facendo un passaggio sopra d'una medesima nave con un suo capital nimico, e standosene a proda mentre l'altro stava a poppa, perché pativano a vedersi, accadde che nacque una gran procella. La nave era in procinto di sommergersi. Il napolitano domandò il padrone qual parte della caravella sprofonderebbe prima. «La parte da poppa» rispose il padrone. Allora egli rasserenato disse: «Bene sta, or morrò contento, se io veggo prima morire il mio nemico».

A Malaga si fermò di nuovo il bastimento pel tempo grosso. Ed il medico che sbarcò per poco diè contezza alla Ciaciunena dell'altro quadro:

'Ddò' pittata 'nce stea 'na bella giòvena

Senz'arme e 'no lione. Essa sbranavalo.

E 'sto mutto nce steva a lingua Ibereca:

«Forza no' nc'è co'mme, ch'oggi mme supera».

Dalla qual leggenda trassero lieti auguri pel buon esito della impresa. E di lì proseguirono il viaggio senza più fermarsi sino alla foce del Tevere: dove, presa terra, spedirono un messo a Roma.

XI

Erano gli anni della fruttifera incarnazione del figliuolo di Dio al numero pervenuti di mille cinquecento e dieci. Giuliano Della Rovere, cardinale di San Pietro in Vincoli, già da otto era stato esaltato pontefice; il quale «ancorché di bassissima gente fosse disceso, e non si vergognasse spesse fiate dire che egli da Arbizuola, villa del Savonese, avesse con una barchetta più volte, quando era garzone, menato delle cipolle a vendere a Genova; fu nondimeno uomo di grandissimo ingegno e di molto elevato spirito, come infinite azioni sue fanno fede» (giudice il Bandello). Egli ne avea fatte delle belle o, per dir meglio, delle brutte: e la sua attività collerica e disordinata avea funestato la Italia, senza però che dal mal presente si potesse sperare di veder sorgere un gran bene avvenire, come a' tempi del Borgia. Merita certo lode per gli sforzi pertinaci nello ingrandire lo stato papalino; ma la parte avuta nella Lega di Cambrai gli sarà di vergogna perpetua. Basta, s'era accorto del marrone, dello sproposito; e stava per gridare anch'egli fuori i barbari. Il ventiquattro febbraio aveva impartita l'assoluzione alla serenissima repubblica di Venezia, che aveva passati giorni molto poco sereni. Stava cercando di commuover tutta Europa contro i franzesi. Assoldava quindicimila svizzeri che li aggredissero a tergo nel Milanese. Trattava con la repubblichetta di Genova acciò si ribellasse al Re Ludovico. Anzi avea già scacciato irosamente gli oratori del Cristianissimo e que' del Duca Alfonso di Ferrara, intimando a que st'ultimo che si ritraesse dall'alleanza franciosa e togliesse la sua potente artiglieria dallo assedio di Legnano. Disubbidendo Alfonso, avea minacciato di scomunicarlo entro un dato termine, che scadeva appunto in quei giorni, il nove agosto.

Giunsero allora i messi della Ciaciunena. Annunziavano l'arrivo d'una potente principessa dal continente transatlantico che si andava scoprendo allora e del quale correva per l'Europa fama incerta e meravigliosa; d'una principessa che «sospirava ansiosa l'occasione di purgar con l'acque del santo battesimo la macchia di quella colpa, che dagli antichi traviati parenti eredità l'infelicità dell'umano legnaggio»; d'una principessa che veniva con molti seguaci ed immenso tesoro, per depor questo a' piedi del Sommo Gerarca, per offerirgli il dominio diretto di uno impero sterminato, popolosissimo, aurifero. Ed i primi doni ch'ella mandava per que' messi, enormi piatti d'oro e d'argento, rallegraron l'animo del papa, bisognosissimo di denari per incarnare i suoi schemi politici e per rifornire ammodo la sua cantina. Figuratevi che giubilo nel Vaticano, che tumulto ed aspettazione in città! Papa Giulio era avidissimo di bezzi, comunque procacciati, ancorché con la simonia e la baratteria. «Si dice» scriveva Domenico Trevisani, oratore veneziano «si dice che ha in contanti almeno settecentomila ducati, tutti in Castel Sant'Angelo... Ed ha modo di avere quanti danari vuole; perché, vacando un benefizio, non lo dà se non a chi ha un uffizio, e quell'uffizio dà a un altro; sicché tocca per questo assai danari: e sul vender gli uffici ci sono sensali più del solito in Roma». Il Pontefice accolse benignamente i messi, degnò accettare con gradimento que' presenti che valevan milioni, li contraccambiò con quattro rosari e reliquie, e fissò il nove agosto per ricever solennemente la viaggiatrice: né senza un perché. Le mandò incontro alcuni cardinali, per complirla ed invitarla a venire subito alla città. Da' tempi della contessa Matilde in poi, i successori del pescatore di Galilea non avevan mai presa nelle loro reti una più grossa e ricca preda d'un colpo. Milioni! Provincie! Miniere aurifere ed argentifere! cave di smeraldi e diamanti! Oh che bella cosa! che bella cosa! Senza bezzi a che servono i be' concetti politici? A rendersi ridicoli, oggetti di scherno, zimbello e strumento de' principi più denarosi, come accadeva allo Imperador Massimiliano. Chi, non ha la fortuna d'aver per alleati Orazio e que' d'Argenta, non può sostener guerre che non sien da vincersi di primo impeto. I principi ambiziosi sono costretti a declinar continuamente, come quel personaggio messo in iscena da Giordano Bruno.

Nominativo: La signora Argenteria m'affligge; la signora Orelia mi accora.

Genitivo: Della signora Argenteria ho cura; della signora Orelia tengo pensiero.

Dativo: Alla signora Argenteria porto amore; alla signora Orelia sospiro. Alla signora Argenteria et Orelia comunemente mi raccomando.

Vocativo: O signora Argenteria, perché mi lasci; o signora Orelia, perché mi fuggi?

I cardinali vennero modestamente accolti dalla Ciaciunena, coperta la faccia di veli spessi e china il capo e bassa gli occhi. Non le parea tempo di rivelare ses petits talents; altra selvaggina le occorreva. Regalò loro gemme, perle, piumaggi; e fece apparecchiare un sontuoso banchetto. Non essendo la Campagna molto sicura, la caravella risalì pel fiume a forza di remi ed ancorò felicemente a Ripa grande, là dove sogliono fermarsi anche oggi que' pochi legni, vergognosamente pochi, che vengono a Roma. E fu il primo legno che vi approdasse venendo dall'Americhe, e forse sarà stato il solo.

Grandi furono i preparativi e fastosi pel ricevimento della Principessa, in cui certo nessuno sospettava la vedova e l'ultrice del Duca Valentino, la nuora dell'antipenultimo papa. Giulio II voleva procacciarsi un trionfo in quella recezione; epperò l'aveva fissata il nove, e volea che seguisse immediatamente alla cerimonia della scomunica del Duca di Ferrara. Dopo aver solennemente fulminato contro del malfido Gonfalonier di Santa Chiesa tutte le maggiori censure e maledizioni, dichiarandolo decaduto e privato del dominio di Ferrara e di quanto egli riconoscea dalla sede pontificia; il papa avrebbe benignamente, umanamente, paternamente, misericordiosamente e lietamente accolta questa Semiramide del Nuovo Mondo, che spontanea veniva a' suoi piedi, pellegrinava alle tombe degli Apostoli. Bel contrasto! I poeti già preparavano componimenti, canzoni, sonetti, madrigali, ballate, capitoli, stanze, strambotti, egloghe; ed in tutti suppergiù trovavi la stessa cosa: un paragone tra questi trionfi incruenti della Roma cristiana, co' sudati e sanguinosi della pagana: e c'era chi non dubitava di preporre le pretese glorie moderne alle antiche, suppergiù come Alessandro Guidi:

Quel, ch'io v'addito, è di Quirino il colle,

Ove sedean pensosi i Duci alteri:

E dentro ai lor pensieri

Fabricavano i freni

Ed i servili affanni

Ai duri Daci, ai tumidi Britanni.

Ora il bel colle ad altre voglie è in mano,

Ed è pieno di pace e d'auree leggi,

E soggiorno vi fan cure celesti.

In mezzo ai dì funesti

Spera solo da lui nove venture

Afflitta Europa e stanca

D'avere il petto e 'l tergo

Entro il ferrato usbergo,

In cui Marte la serra e tienla il Fato.

La impietratrice ignorava siffatti paragoni: non so quanto le sarebbe piaciuto il sentirsi ragguagliare alle Regine vinte dell'antichità, alle Cleopatre ed alle Sofonisbe, che si sottraevano con la morte al vitupero. Ma le piaceva che si facesse di tutto per eccitare la curiosità pubblica premendole che fosse immenso il concorso intorno al suo seguito. Pensava al momento in cui, introdotta alla presenza del pontefice, girerebbe ad un tratto gli occhi su tanti sguardi fissamente conversi in lei, e subitaneamente irrigidirebbe, sassificherebbe, lapidificherebbe, impietrirebbe ed immacignirebbe papa, cardinali, patriarchi, arcivescovi, vescovi, abati, prelati, preti, frati d'ogni generazione, gentiluomini, gentildonne, soldati, tutti nella sala d'udienza! e poi, precipitandone fuori sul verone, muterebbe in una folla di mute statue, di gelidi simulacri, d'immobili effigie, d'immagini insenzienti la folla raccolta, raggruppata, stivata, agglomerata, attruppata per le piazze, per le strade, alle finestre. Quella folla che odiava, perché avea odiato il Valentino. Lo avrebbero lo spettacolo! ed assai più inatteso, singolare, strano, meraviglioso, sorprendente, che non fantasticassero.

Giunse il giorno, giunse l'ora. Le strade che il corteo dovea seguire eran coperte da una fiorita, ch'io ne disgrado quelle di Genzano. Una turba innumerevole faceva ala; veroni, balconi, finestrelle, terrazzi, logge, eran gremite di popolo. Che processione! Soldati con fanfare e bande; preti, frati, canonici, salmeggiando, con gonfaloni solenni; precedevano la bella donna che stava in un cocchio risplendente di oro. Manibus o date lilia plenis! Piove van fiori dall'alto su di lei, che se ne stava umile in tanta gloria, ristretta in sé, a capo chino, con gli occhi chiusi, velata, pallida morte futura; ma non per cura della propria morte, anzi pel pensiero di quella che infliggerebbe a tanti e tanti. Inorridiva del suo proposito, ma senza smetterlo. Eccola giunta al Vaticano. Scarrozza, è complita sulla soglia, è introdotta nell'aula vasta, piena zeppa di personaggi, in fondo alla quale Papa Giulio col triregno in capo sedeva in trono, circondato da' cardinali; Papa Giulio che nel vederla entrare sclamò: Nunc dimitte servum tuum, domine, e quand'ella gli fu caduta ginocchioni a' piedi e si prosternava per baciar la croce sulla pantofola, si chinò per rialzarla cortesemente.

La Ciaciunena balzò in piedi sorretta dalla destra senile del pontefice, strappò il velo, gli alzò e piantò gli occhi in fronte, e poi li girò lenti lenti sull'adunanza. Ma, o fosse terminato il tempo prefisso alla fatagione dalla stregaccia del Popocatepetlo (perché tutte le maledizioni delle fate sono a tempo, come si raccoglie dagli scrittori); o l'apostolica benedizione rompesse la fattura diabolica; o che nell'atmosfera pura d'Italia mal si rinnovino i miracoli forestieri (come anche a' dì nostri si vede per lo spiritismo ed altri portenti); o qual che se ne fosse la cagione, fatto sta che Giulio II non impietrò né punto né poco, né totalmente né parzialmente, allo esterno. Quanto al cuore dell'augusto vegliardo, già da prima e da un pezzo era di sasso, di macigno, di scoglio.